老舍写作课

老舍————

著

中央编译出版社
CCTP Central Compilation & Translation Press

图书在版编目（CIP）数据

老舍写作课 / 老舍著 . —— 北京：中央编译出版社，
2024.4（2024.5 重印）

ISBN 978-7-5117-4645-0

Ⅰ. ①老… Ⅱ. ①老… Ⅲ. ①文学创作 – 研究
Ⅳ. ① I04

中国国家版本馆 CIP 数据核字（2024）第 049736 号

老舍写作课

责任编辑	汪　婷
责任印制	李　颖
出版发行	中央编译出版社
网　　址	www.cctpcm.com
地　　址	北京市海淀区北四环西路 69 号（100080）
电　　话	（010）55627391（总编室）　　（010）55625176（编辑室） （010）55627320（发行）　　　（010）55627377（网站）
经　　销	全国新华书店
印　　刷	北京盛通印刷股份有限公司
开　　本	880 毫米 × 1230 毫米　1/32
字　　数	150 千字
印　　张	8.5
版　　次	2024 年 4 月第 1 版
印　　次	2024 年 5 月第 2 次印刷
定　　价	48.00 元

新浪微博：@ 中央编译出版社　　微　　信：中央编译出版社（ID：cctphome）
淘宝店铺：中央编译出版社直销店（http：//shop108367160.taobao.com）
　　　　　（010）55627331

本社常年法律顾问：北京市吴栾赵阎律师事务所律师　闫　军　梁　勤
凡有印装质量问题，本社负责调换。电话：（010）55627320

出版说明

为方便当代读者阅读，本次出版时，对原书稿中出现的"的""地""得""底""做""作""哪""那""像""象"等字，均按照现代汉语规范进行了修正；部分标点符号使用按现代汉语使用规范做了处理。

所选文章，皆在文后注明原刊发的报刊名称及刊出时间。

自序　闲话创作

老　舍

（一）我们要做一个作家，想要创作有价值的小说、诗歌、戏剧，应从个人生活的经验，以及所想象到的一切事物，具体地去实实在在地写出来。除了实际写作的经验，就是读了很多的书，对于文艺的创作上，未必就能成功。写作和写标语是两回事，所以写作一种文艺须从事实方面着手，徒尚空谈是徒劳而无益的。

（二）至于研究文学和研究科学，是有不同的。科学是研究一种事物单纯的原理原则，而文学则不然了，文学是要描写一种事物广大而深刻的东西。所以我们研究文学的创作，是必须体验人生和了解人生去写作的。

（三）大家对于思想，大概都有的，然而对于创作上，不一定靠着思想，而应该尽着自己生活的经验，赤条条地写于纸上，才是好创作；思想虽然是对创作也有必需之处，但徒靠着思想则不可了。

（四）一个作家对于搜集材料，当然是越多越好，可是材料多了，不把它归纳一下去写作，也是无用的。我们搜集很多的材料，应取其精华去描写，然后能成好作品。材料，这好比元宵的馅子，用皮包好了就成一粒好元宵。对于创作上之搜集材料，与此理正同。

（五）要想创作，对于文字形式上，这里也须谈及。据我看，我们近来所出版的作品，其于形式方面，可谓都合于上乘，这也许是我们的作者都受着古人重于文章形式不重于内容的影响。所以我主张今后的作者不应该徒注重于形式方面，而对于内容的材料可特别注意些，有好的内容不妨尽量地写于纸上。

总之，我主张一个要想创作的人，必定要从生活的经验和想象，去发挥写作天才，努力地去实验，而后对于创作方面庶有成功希望。

（1936 年 10 月 27 日在北京大学所作的讲演，载本月 28 日《北平晨报》）

目　录

—— 第一辑　多练基本功 ——

—— 第二辑　我怎样学习语言 ——

—— 第三辑　我的创作经验 ——

第一辑

多练基本功

青年与文艺

　　青年们喜爱文学是当然的，不是怪事，也不是坏事。从学校教育上说，青年们血气方刚，正需要文艺作品来感动感化；从社会教育上说，文艺既然是社会的自觉与人生的镜鉴，大家若能从年轻的时候有些文艺上的爱好与欣赏力，必能对将来做人处世大有裨益，而且能慢慢地把社会上一般的文化水准提高。所以说，青年们喜爱文艺不是怪事，也不是坏事。

　　不过，读了几本小说或戏剧可不许马上就以文艺青年自居。在一个教育发达的国家里，读书正如同游泳或旅行，是每个公民在生活上必然要做的事。只有在不懂得运动的社会里，才会有一人游水，大家站在一旁看热闹的现象；同样地，只有教育不发达的社会里，才会有一人读书，大家莫名其妙，而这一位先生也很容易自命不凡，以秀才或文艺青年自居了。要知道，对文艺的认识并不是件很容易的事；说到文艺批评与创作就更难了。假若只因为读了几册文艺作品而自称为文艺青年，不但仅仅落个浮浅可笑，而且有时候足以耽误了自己。比如说，甲是个高中的学生，有相当的聪明，在课外喜读文艺书籍；因为他比别的同学多读了几本小说、诗集、剧本，同学们也许就呼之为文学家；当办壁报什么的时候，大家也许就推举他主编。自傲心是最普遍的毛病，甲既受人推重，也许就难免傲然以文学家自居了。从此他也许就感觉到学校里的文艺教育不足，从而为了加紧文艺的自修，而把别项功课放松，甚至到考试的时候，代数或物理不能及格。功课不及格是多么难堪的事，可是在难堪之中他往往爽性鄙视一切，而说为了文艺可以牺牲一切，以自慰。这是很大很大的错误，要知道，教育是整个的，生在今日的社会里，不明白物理正如同不明白文艺一样可耻，每个人都须在中学里得到足以够做个现代人的基本知识：在有了种种基本知识以后，才能谈到个人的天才发展。就是还以文艺作品来说吧，近三十年来的西洋小说，甚至于诗的里边，都不可避免地谈到科学，或应用天文、物理、化学中的道理阐明或设喻；假若你不明白科学，你就连这样的小说或诗也读不懂，还说什么自己成为文艺家呢？！自然科学而外，社会科学更是今日文艺作家必须知道的，否则你连今日社会现象中所含蕴的科学真理还不知道，怎能捉到那些问题呢？！假若一个青年读了些古时候的吟风弄月之作，而就放下代数与经济学，他至好也不过只能照样地吟风弄月，即使他有些天才，能把风与月吟弄得相当的漂亮巧妙，那也不过是些小玩意儿，简直与现代的社会人生无关！

在抗战前，我屡屡被约去帮忙看大学生试验的国文卷子，虽然我没有正式地做过统计，可是在我这一点经验中我的笔发现了这个事实——国文卷子好的往往是投考理科的，投考文学系的反倒没有很好的国文成绩。

还有一件事也正好乘这个机会提出来，就是无论中外许多有名的文艺写家都并不是学文学的人；医生、律师……都有成为名写家的，而大学文学系毕业生反倒不一定能创作出什么来。

上面这两个事实使我们知道文艺的天才并不像稻粒可以煮饭，麦粒可以磨面，那么只有一个用处，而是像一块肥美的土地，可以出麦，也可以出别的粮食。一个好的医生可以成为一个好的作家，行医与写文的才能并无根本的妨克；反之，行医的经验反能使写作的资料丰富。

想想看吧，假若一位十七八岁的青年便抛弃了其他的一切，而醉心于文艺；一天到晚什么也别管，只抱着几本小说什么的读念，他能有什么用呢？不错，小说或戏剧中能给他一些人生经验与指示，可是那些经验都是间接的、过去的，并不能算作读者自己的、当时的。不错，读文艺的名著确能使他明白一些词字的遣使和结构的方法等等；但是文艺并没有一成不变的作法，每个作家都有他自己的手段与方法，照猫画虎绝不是好法子。

　　说到这里，就不妨提出文艺青年这一名词了。首先要问，谁是文艺青年？假若他是初中的学生，据我看，他就该去入高中，同样，他若是高中的学生，就该入大学，顶好是在大学毕业后，有了学识，有了经验，再谈文艺创作。不错，在历史中的确有没有读过什么书而能写出很好文章来的人，但是这样的人并不很多，而且他所写的也都是积多年的经验与困苦而成，并非偶然。一个渔夫，一个樵子，一个乞丐，都能写出打鱼打柴讨饭的真经验，可是他们须先得到那经验，不能胡说。至于打算写一些更广遍更重要的社会问题，恐怕又不是去打二十年鱼，或做五年乞丐，所能办到的了。学问、经验、修养、努力，加上文艺天才，方能产生一个作家。此中的任何一项也不是可以偶然获得的。因此，假若文艺青年这名词而能存在的话，他们必定是为了文艺而对其他的学科热烈地进攻，他们要对一切进攻，不是逃避。为了文艺，他们要去参加一切所能参加的工作与活动，以获得直接的经验。为了文艺，他们虚心忍耐。发表欲，在这摩登时代里，几乎可与食色之欲并列了；但是，从古至今，发表过的文章是那么多，可有几篇值得一读的呢？发表了不就是成功了，要虚心！为了文艺，须抱定永远学习、永远不自满的态度。忍耐，不许急，不许取巧，不许只抱着一本批评理论假充行家。一个文艺青年必须活到八十岁还是青年！

那么，一个文艺青年就太不容易当了？是的，连拉洋车也并不容易；把事情看得太容易的人大概不易成功。今天，大家都吵嚷没有伟大的作品啊！在许多原因之中，恐怕大家把文艺看得太轻而易举也是个重要的原因。我不敢批评别人，只说我自己吧，我根本就不够格：以我的学问、经验、天才，公公道道地说，我只能做个相当好的小学校长或初中的国文教员，文艺写家差得太多，太多了！论文艺的教养，我少年时和方唯一先生学过诗文，不能说开口乳吃得不好；对西洋文学，我看过不少名作，从十三四岁到今天已经三十年，我可以夸口说：我始终在努力自修。可是，我知道什么？除去读过的那些文艺书籍，我什么也不懂！不懂而假充懂，是可耻的事，我晓得。但是，生活已经入了轨，既走入文艺一途，改行就大不容易；结果呢，终年拿着笔而写不出任何高明东西来，自误误人莫甚于此！学问不够，生活不够，是我的致命伤！

文艺青年！即使你的读书能力比我大着十倍，我三十年中所读过的书，你也须三年才能看完。假使你能苦读三年，还不是和我一样，所读的不过是些文艺书籍，知道了科学吗？知道了社会上任何一桩事吗？我知道自己空虚，所以希望你充实，绝没有怕你抢去我的饭碗的意思；我知道自己藐小，所以希望你伟大，伟大不伟大是由种种条件决定，不是由心中一想便能成功的。你喜爱文艺，好事；你常动动笔，好事；你爱谈论文艺，好事；可是，万万不可因此而放弃了别的学科，万万不可因发表了一篇小说而想马上成为个职业的写家。假若你不相信我，我说，你将来的后悔与苦痛也必不减于我，我向来不说谎话！

（原载 1940 年 4 月 1 日《时事类编》特刊第 50 期）

储蓄思想

　　我真不愿把文艺说成什么神秘的东西，可是赶到人家问我怎样写作，我又往往不能痛痛快快地，像二加二等于四那样地，给人家几句简单而有用的话。这使我非常的苦痛。你看，我确是写过了不少东西，可是我没有胆量声明我的成绩有什么了不起之处。我只能说我是在不断地学习。那么，你向一个文艺学徒问长问短，也就难怪我说不出所以然来了。

　　对，我只好告诉你，你须先学习吧。假若你肯用心学习，我想你不久就能赶过我去。文艺并不是几个天才者的专利品，谁肯学习谁就能生产一些"文货"。

　　怎样学习呢？这，又是个不好回答的问题。戏法人人会变，各有巧妙不同。有许多不同的路子都可以走到"文艺之家"的门前。现在，我只能就个人的经历作个简单的报告，供作参考而已。

　　要学习文艺，切勿专在文艺作品上打转儿。你要先有一些思想。真的，文艺作品不专仗着思想支持着，正像一个美人不能专仗脸子好而可以不要骨头不要肉那样。可是，文艺的最大的使命是发扬真理，怎可不先由思想入手呢？想想看，一个没有思想的人，也就不辨是非，不关心人类的生活合理不合理，那么，他怎能有正义感，怎能选择什么值得说，什么是废话呢？因此，你要储蓄思想。用思想作你的眼睛，去看，去分析，去判断，而后你才能找到你以为值得说的话。假若你以为某几句话值得说，非说不可，你必会把你的感情激动起来，设法用最足以动人的形式把它说出来。思想是花朵，感情是色与香。自然，一个富于感情的人，未必有高深的思想；一个有思想的人，又未必有深厚的感情。可是，预备做一个文艺家，你就非由思想上发泄你的感情不可，因为你若糊里糊涂，专凭感情的奔放去写作，你所给人家的也许只是一些伤感或成见。你可以成为一个风流才子，专用感情写出"红是相思绿是愁"和"不住温柔住何乡"那样的聪明的句子，可是与人生大道理有什么关系呢？你是当代的人，你应当先关切当代人类的苦难与幸福。只有感情而没有思想，你便只会关心你自己，把你的一点小小的折磨与苦痛说到天那么大，而与旁人无关。风流才子，你要知道，是摩登世界人类的渣滓呀！

不过，你可也要记住，储蓄思想便是储蓄炸药，它也会炸死你自己，为安全计，你顶好躲它远些。思想与苦痛永远紧紧相随，因为一般的人不喜欢用他们的脑子，所以看别人一用脑子便吓一跳，而想把那个怪物用砖头打杀。你要准备吃砖头。

是的，文艺不专仗思想支持着，可是你若专从文字或感情上入手，你便很自然地只会制造些小玩意儿，花呀儿呀地哭哭啼啼，而不敢正眼看社会与世界；尽管文学与感情也是文艺中的重要构成分子。

再说，储蓄了思想，虽不能成为一个文艺者，但你还不失为一个有头脑的人。若只耍弄耍弄文字，发泄发泄小小的牢骚，则不但不能成为伟大的文艺家，或者还把你自己毁掉——风流才子不往往是废物吗？

有了思想，你该再注意世态。思想是抽象的，空洞的；世态是具体的，实在的。用你的思想去分析世态，而后你才会从浮动的人生中找到了脉络，才会找到病源。这样，你才能明白思想并不是死东西，而是在人们的心理与动态中隐藏着的。你须在若隐若现之中把它找出来，正像医生由病人的脸上发烧而窥见了肺部的隐病。你须描写世态，而描写世态，正所以传播思想。所谓具体的描写并非是照相，而是以态寄意。

有了思想，你才会知道文字不仅是字与字的连缀，还是逻辑的推断。糊涂的句子是糊涂人的声音。你一点也不要忽略了文字的重要，但是你更不应忽略了文字的根源——思想。你一点也不要忽略了感情的重要，但是你须先辨明哪是值得说的，哪是不值得说的，若给不值得一说的加上华美的外饰与感情，你便是骗人，便是变戏法，而不是制作文艺。

关于思想的重要已说了不少，就此打住，等有工夫再说别的吧。

（原载 1945 年 1 月 20 日《文艺先锋》第 6 卷第 1 期）

不怕，不慌

先说"不怕"。有的人学习写稿子，拿起笔来就害了怕。他以为写稿子一向是文人的事，所以写起来必须多转文，多耍笔调；要是光写大白话，一定叫人家看不起。于是，他就皱起眉来，本来要写"今天天气很好"，却怕不够味儿；想来想去，写成了"满心兴奋的我，觉得今天天气是伟大无比的"，反倒不像话了。

沉住了气，不要怕，写大白话就好。大白话是咱们嘴里的活语言呵！学习别人的作品是有好处的，但不要专从别人的文章里去搜集漂亮的字眼，硬来装饰自己的文字。那样，一不留神，反倒弄得词不达意了。我们都会说话，就让我们说自己的话吧。说得明白正确，比乱用一些修辞好得多；说得简单有力，比说得啰唆累赘好得多。简单明确的文字是好文字，乱用修辞的文字不是好文字。不要怕自己掌握的词汇少，写出来的字句不文雅，就放下笔不写。我们要自信能用自己的话，明白清楚地写出文章来。真话、明白话，比什么都好。不必要的形容，不但不能叫文字美丽，反倒破坏了文字的简单朴实。我们说，"我们热爱伟大的祖国"，因为我们的确热爱祖国，我们的祖国也的确是伟大。假若我们说，"我们热爱伟大的苹果"，就不大对头了。乱用字是个毛病。我们的窍门是要凭我们自己的言语，写出干干净净的好文章来。

现在说"不慌"。写下来的大白话跟嘴里的大白话不能完全一样。我们说话的时候，可以随时地补充、改正、重复，所以虽然说得不完全连贯、顺当、干脆，可是也能对付着把事情说明白了。写文章可没有这样的便利。写下来的话必须顺当、干脆、贯通一气。因此，我们写稿子千万不要慌。我们必须要先好好地想一想。想一想要写什么和怎样写。比如说，我们要写一篇东西，报道在"五反"运动之后，工人们怎样积极地搞生产。我们就不必多写"五反"运动里的经过情形，那些情形已是人所共知的，不必再说一遍；我们主要地是报告今天怎么搞生产。这样，我们就可以三言两语地介绍一下，像"五反运动结束了，我们的厂里有了新气象"，即可转入正文，不拖泥带水。

这样决定好后，我们还要想是借着一个积极分子的模范事迹说明搞生产的热情呢，还是把全厂所有的新气象全说出来呢？我们必须先有个决定。有了决定，才能布置这篇报道的全局。要不然，就会东一句西一句地随便扯，不能成为好文章。

尽管我们要只写二三千字，但也须先写出个提纲，安排好头一段说什么，第二段说什么……。有了提纲，心里有了底，写起来就能顺理成章；先麻烦点，后来可省事。

按照提纲要写第一段了，还是别慌。先要想想这一段都说什么，把要说的都在心中盘算过，然后再动笔。练习写稿子最容易犯的毛病，就是有了上句，没有下句。那是因为想一句就写一句，不晓得盘算全段儿。想起一句说一句不是好办法，那很容易写得前言不搭后语，勉强凑成一篇也会是糊涂文章。

盘算好了一段，就按着我们自己的语言写下来。我们首要的任务是把这一段话写得清楚明白，既不东一句西一句那么随便扯，又不绕着弯子去找我们自己不完全了解的字眼。呵，我们要是能用自己的话写出一段清顺的文字来，那真够快活的！

（原载 1954 年工人出版社《和工人同志们谈写作》）

别怕动笔

有不少初学写作的人感到苦恼：写不出来！

我的看法是：加紧学习，先别苦恼。

怎么学习呢？我看哪，第一步顶好是心中有什么就写什么，有多少就写多少。

永远不敢动笔，就永远摸不着门儿。不敢下水，还学得会游泳吗？自己动了笔，再去读书，或看刊物上登载的作品，就会明白一些写作的方法了。只有自己动过笔，才会更深入地了解别人的作品，学会一些窍门。好吧，就再写吧，还是有什么写什么，有多少写多少。又写完了一篇或半篇，就再去阅读别人的作品，也就得到更大的好处。

千万别着急，别刚一拿笔就想发表不发表。先想发表，不是实事求是的办法。假若有个人告诉我们，他刚下过两次水，可是决定马上去参加国际游泳比赛，我们会相信他能得胜而归吗？不会！我们必定这么鼓舞他：你的志愿很好，可是要拼命练习，不成功不拉倒。这样，你会有朝一日去参加国际比赛的。我看，写作也是这样。谁肯下功夫学习，谁就会成功，可不能希望初次动笔就名扬天下。我说有什么写什么，有多少写多少，正是为了练习，假若我们忽略了这个练习过程，而想马上去发表，那就不好办了。是呀，只写了半篇，再也写不下去，可怎么去发表呢？先不要为发表不发表着急，这么着急会使我们灰心丧气，不肯再学习。若是由学习观点来看呢，写了半篇就很不错啊，在这以前，不是连半篇也写不上来吗？

　　不知道我说得对不对，我总以为初学写作不宜先决定要写五十万字的一本小说或一部多幕剧。也许有人那么干过，而且的确一箭成功。但这究竟不是常见的事，我们不便自视过高，看不起基本练习。那个一箭成功的人，想必是文字已经写得很通顺，生活经验也丰富，而且懂得一些小说或剧本的写法。他下过苦功，可是山沟里练把式，我们不知道。我们应当知道自己的底。我们的文字的基础若还不十分好，生活经验也还有限，又不晓得小说或剧本的技巧，我们顶好是有什么写什么，有多少写多少，为的是练习，给创作预备条件。

　　首先是要把文字写通顺了。我说的有什么写什么，有多少写多少，正是为逐渐充实我们的文字表达能力。还是那句话：不是为发表。想想看，我们若是有了想起什么、看见什么和听见什么就写得下来的能力，那该是多么可喜的事啊！即使我们一辈子不写一篇小说或一部剧本，可是我们的书信、报告、杂感等等，都能写得简练而生动，难道不是值得高兴的事吗？

当然，到了我们的文字能够得心应手的时候，我们就可以试写小说或剧本了。文学的工具是语言文字呀。

这可不是说：文学创作专靠文字，用不着别的东西。不是这样！政治思想、生活经验、文学修养……都是要紧的。我们不应只管文字，不顾其他。我在前面说的有什么写什么，以及有多少就写多少，是指文字学习而言。这样能够叫我们敢于拿起笔来，不怕困难。在动笔杆的同时，我们应当努力于政治学习，热情地参加各种活动，丰富生活经验，还要看戏，看电影，看文学作品。这样双管齐下，既常动笔，又关心政治与生活，我们的文字与思想就会得到进步，生活经验也逐渐丰富起来。我们就会既有值得写的资料，又有会写的本事了。

要学习写作，须先摸摸自己的底。自己的文字若还很差，就请按照我的建议去试试——有什么写什么，有多少写多少。同时，连写封家信或记点日记，都郑重其事地去干，当作练习写作的一种日课。文字的学习应当是随时随地的，不专限于写文章的时候。一个会写小说的当然也会写信，而一封出色的信也是文学作品——好的日记也是！

文字有了点根底，可还是写不出文章来，又怎么办呢？应当去看看，自己想写的是什么，是小说，还是剧本？假若是小说或剧本，那就难怪写不出来。首先是，我们往往觉得自己的某些生活经验足够写一篇小说或一部三幕剧的，事实上，那点经验并不够支持这么一篇作品的。我们的那些生活经验在我们心中的时候仿佛是好大一堆，可以用之不竭。及至把它写在纸上的时候就并不是那么一大堆了，因为写在纸上的必是最值得写下来的，无关重要的都用不上。就好像一个大笋，看起来很粗很长，及至把外边的吃不得的皮子都剥去，就只剩下不大的一块了。我们没法子用这点笋炒出一大盘子菜来！

这样，假若我们一下手就先把那点生活经验记下来，写一千字也好，二千字也好，我们倒能得到好处。一来是，我们会由此体会出来，原来值得写在纸上的并不像我们想象的那么多，我们的生活经验还并不丰富。假若我们要写长篇的东西，就必须去积累更多的经验，以便选择。对了，写下来的事情必是经过选择的；随便把鸡毛蒜皮都写下来，不能成为文学作品。即须经过选择，那么用不着说，我们的生活经验越多，才越便于选择。是呀，手里只有一个苹果，怎么去选择呢？

二来是，用所谓的一大堆生活经验而写成的一千或二千字，可能是很好的一篇文章。这就使我们有了信心，敢再去拿起笔来。反之，我们非用那所谓的一大堆生活经验去写长篇小说或剧本不可，我们就可能始终不能成篇交卷，因而灰心丧气，不敢再写。不要贪大！能把小的写好，才有把大的写好的希望。况且，文章的好坏，不决定于字数的多少。一首千锤百炼的民歌，虽然只有四句或八句，但也可以传诵全国。

还有，即使我们的那一段生活经验的确结结实实，只要写下来便是好东西，也还会碰到困难——写得干巴巴的，没有味道。这是怎么一回事呢？我看大概是这样：我们只知道这几个人，这一些事，而不知道更多的人与事，所以没法子运用更多的人与事来丰富那几个人与那一些事。是呀，一本小说或一本戏剧就是一个小世界，只有我们知道的真多，我们才能随时地写人、写事、写景、写对话，都活泼生动，写晴天就使读者感到天朗气清，心情舒畅，写一棵花就使人闻到了香味！我们必须深入生活，不断动笔！我们不妨今天描写一棵花，明天又试验描写一个人，今天记述一段事，明天试写一首抒情诗，去充实表达能力。生活越丰富，心里越宽绰；写得越勤，就越会有得心应手的那么一天。是的，得下些功夫，把根底打好。别着急，别先考虑发表不发表。谁肯用功，谁就会写文章。

这么说，不就很难做到写作的跃进吗？不是！写作的跃进也和别种工作的跃进一样，必须下功夫，勤学苦练。不能把勤学苦练放在一边，而去空谈跃进。看吧，原本不敢动笔，现在拿起笔来了，这还不是跃进的劲头吗？然后，写不出大的，就写小的；写不好诗，就写散文。这样高高兴兴地、不图名不图利地往下干，一定会有成功那一天。难道这还不是跃进吗？好吧，让咱们都兴高采烈地干吧！放开胆子，先有什么写什么，有多少写多少，咱们就会逐渐提高，写出像样子的东西来。不怕动笔，笔就会听咱们的话，不是吗？

（原载 1960 年 5 月 1 日《文艺新兵》5 月号）

多改多念

文章必须修改，谁也不能一下子就写成一大篇，又快又好。怎么修改呢？我们应当先把不必要的话、不必要的字，狠狠地删去，像农人锄草那样。不要心疼一句好句子，或一个漂亮字，假若那一句那一字在全段全句中并不起什么好的作用。文章正像一个活东西，全体都匀称调谐就美，孤伶伶的只有一处美，可是跟全体不调谐，就不美。比方说，一个人长得并不俊，服装也不整齐，可是戴了一顶极漂亮的帽子，那能叫他变成美人吗？不能！文章也是这样。"愤怒的葡萄"呵，"潺潺的流水"呵，单看起来也许不错，要是放错了地方就不中用；删去它，别心疼！若是整段可有可无，整段就都可以删去。文章必须简练经济，不要以多为胜。一句话说到家，比十句八句还更顶事。不着边际的话一概要删去。

这样"锄"一两遍，看一看全篇已经都连贯清楚了，再细细修改字句。首先，要把不现成的字，换上现成的字，把不近情理的字，换上近情理的字。比方说，我们的小猫在屋中撒了一泡尿，我们便写"这使我异常愤怒"，便似乎不大近情理；不如说"我有点生气"。一个爱洁净的人是可能因小猫这个举动生气的，可不见得就"异常愤怒"。反之，我们听到美帝国主义的飞机滥炸平壤，而只"生了一点气"，并不"愤怒"，就不近情理。要打算叫文章带感情，能感动人，我们必须揣摩我们的话语近不近情理。

文章通体都顺当了，我们须再加工，起码叫重要的句子有力量，带感情。由心里说出的真情实话必定有力量。文字的力量来自我们的思想与感情，不来自从字典辞源找来的字汇词汇。我们的思想好，感情厚，我们就一定能叫普通的话变成很有力量的话。在我们和人争辩的时候，我们不是也说普通话吗？可是往往很带感情。写文章也能够这样。我们要相信自己，确是能用大白话说得一针见血，我们就敢放胆地下笔了。我们写稿子要有斗争地主、奸商或贪污分子那样的勇气，一句话把对方说得低下头去。我们会说这样的话吗？会！好，为什么不把这样的话放在文章里呢？心里的真话——有思想有感情的话——是文艺作品的话。

为多修改就须多念自己的文章。这里所说的"念"是朗读的意思。文字写在了纸上，我们不容易知道它们的声音好不好，音节好不好，用字现成不现成。非出着声儿念不可。嘴里念，耳朵听，我们会立刻听出文字的毛病来：有的句子太长了，应当改短；有的句子念着绕嘴，必是音节或字眼安排得不对劲，要设法调换修正；有的句子意思好，可是念起来不嘹亮，不干脆，听着不起劲，这必是句子的结构还欠妥当，或某几个字不大现成，应当再加工。一个好句子念起来嘴舒服，耳朵舒服，心里也舒服。我们拉胡琴必须先定定弦。我们朗读文章，正好像拉拉胡琴，试试弦，声音不对就马上调整。

念给自己听是个好办法，可还不如念给别人听。别人的耳朵有时候比咱自己的更可靠。特别是诗和话剧，一个字用得不好不对，听者马上就会感到别扭。我们必须要求自己，写出来的东西先能叫别人听得明白，然后更进一步叫别人听了挺过瘾。可千万别把自己的文章藏在口袋里，不敢念给朋友们听；也别怕朋友们听了提意见。说到归齐，文章是写给别人看的听的呵！

我们还要多念别人的作品，这里的"念"是阅读的意思。光自己写，而不多念别人的作品，不容易进步。顶好是写和读并进；自己常常练习写作，也不断地阅读好作品。自己老不写，就不能充分得到阅读作品的好处；光自己写而不阅读作品，就不能吸收经验，丰富自己。作品是写作经验最具体的表现。我们从一篇作品里，可以看出作家怎样运用文字语言，怎样描写风景，刻画人物，怎样布置全局，怎样安排各处的情节。这些，都是我们应当细心体会的。这样学习了一篇作品，我们就会明白：原来一篇好作品是一个艺术品，处处都是事前布置好了的，所以那么有层次，有发展，有起有落，有头有尾，不是随便一写，顾前不顾后，或这儿太多，那儿太少，一疙瘩一块的。

怎么去写一件事，应该由作者自己决定——怎么写得最经济，最有效果。这就是说，我们不必去模仿别人。我们念别人的作品是为丰富自己的经验，而不是为照猫画虎地去套别人的套子。这一点很要紧。比如说，念了别人的作品，我们看明白人家能用三言五语刻画出一个人物，好，我们便应当学这个方法，也设法去用三言五语描画出个人物，可不是人家的人物姓王，咱们自己的人物也得姓王，人家的人物爱唱戏，咱们的也得爱唱戏。我们要从别人的作品中学来写作的方法，而后运用这方法去自己创作，若是照着葫芦画瓢，人家怎么写我也怎么写就不对了。况且，即使一部好作品，其中也难免有薄弱的地方。有的作家很会刻画人物，而不会安排情节，有的很会描写风景，而文字不大利落。在我们念作品的时候，须"睁开眼睛"，看到好处，也看到坏处，从而学那优点，不学那缺点。要不然，把别人的缺点都学来，就越学越坏了。

（原载 1954 年工人出版社《和工人同志们谈写作》）

写透一件事

关于这一项，分三段来说吧：

（一）写自己真知道的事，不写自己不十分知道的事。一个学生不写学生的生活，而在报纸上找些婚姻法宣传资料去写，一定写不出什么名堂来。写东西非有生活不可。不管文字多么好，技巧多么高，也写不出自己不知道的事情。我们是工人，就写工人的生活。

这样，写作范围不就太小了吗？只要写得深刻，范围小点没有什么关系。一位伟大的作家的确能够写出许多不同的人物，好多不同的事情，可是咱们现在的目的是先写好一件事，还不能希望马上成为伟大的作家。不怕写得少，就怕写不好。写出十几句话的一首好歌，风行全国，到处起很大的鼓舞作用，功劳也不小呵！

（二）抱定一个题目写，不要一会儿一换。初学写作的人往往有这个困难：很高兴地看中了一件事，打算用它写成一篇小说或戏剧。可是，一动笔，才写了几句就写不下去了！这是怎么一回事呢？这有许多不同的原因，其中最常遇见的一个是我们只看见了事情的表面，而没有看见它的根儿，所以写了几句就搁下笔，怪扫兴的。我们不应当这么容易动摇，而应当深入地去挖那件事的根儿，养成我们对事事物物要刨根问底的习惯。我们的责任就是遇见事必去刨根问底。假如我们老满足于事情的表面，看见一件热闹的事，不求甚解，动笔就写，写不出就扫兴，一来二去我们就丢了信心，不想再拿笔了。反之，我们若是抱定刨根问底的态度，我们就会慢慢地体会出来。不管事情多么热闹或多么简单，不过都是表面的现象，赶到咱们挖到事情的根儿上，热闹的事也许原来很简单，简单的事儿也许并不那么简单。事情的根儿就是问题所在。

找到问题，咱们心里可就透亮多了。呵，原来这件热闹的事并没有什么了不起，问题很简单哪；原来那件简单的事倒并不应当轻视，问题不小呵。这样，咱们就不再被表面的现象迷惑住，也就容易判断出哪个值得写和哪个值不得写，不再冒冒失失地不管三七二十一拿笔就写，也就减少了因写不出而扫兴灰心的毛病。

一旦找到问题就死不放手，加劲儿挖掘它的根儿，越挖越深，咱们也就越有的写了。呵，昨天老张闹脾气，原来不是因为肝火盛，而是他有个思想问题。什么思想问题呢？他呀不明白"计件工资"的好处。哪一点他不明白呢？他呀不明白工人的利益和国家的利益是一致的。您看，当作一个问题看，咱们就能由老张个人闹脾气看到国家利益上去，这不就有好多话可说了吗？抱住这个题目挖吧，别放手！

还有，看到了问题就得解决问题。这么一来呀，咱们的文章可就有头有尾，是个整的了。我们看问题，挖问题，而后解决问题，我们就能写出相当好的作品来。不抱住一个问题挖到底，而随便今天试试这个，明天试试那个，必致一无所成。

（三）能抓住问题就不至于千篇一律了。一个问题怎么来的和怎么解决的，必与别的问题的来龙去脉不同。同一样的问题又因为人物的性格不同，时间不同，而有特点。我们要细心地看，看问题，看人物，看地点，看时间，把有关的事物都看了，自然会写出一篇与众不同的东西来。

工人同志们一写到解放后的生活提高，往往就描写家里吃饺子。不错，吃饺子的确是好现象；可是，千篇一律都说包饺子就不新鲜了。难道不许吃炸酱面吗？再说，真要是看出问题，不提包饺子也不要紧。要写透一件事必须钻到事情里边去，可千万别不管是写什么问题老先预备下一个套子——老拿包饺子开始！钻到问题里面去就必定有话可说，用不着套套子。

也许有的同志要问：我们能那么细心，钻到问题里面去吗？我说：能！一定！您多半是有点害怕，以为没有现成的套子，就怕写出的东西不像样子。您不必胆小，那些套子不是给您预备的，只要您肯用心，肯下功夫，您会创作！

（原载 1954 年工人出版社《和工人同志们谈写作》）

多练基本功 ①

很高兴和同志们见面。我来讲话，是为互相学习。因为忙，没来得及预备完整的讲稿，想起什么说什么，意见未必正确，请同志们指正。

我觉得，练习基本功，对初学写作者来说，是很重要的事，就拿这作为讲题吧。

先练习写一人一事

有些人往往以写小说、剧本等作为初步练习，我看这不大合适。似乎应该先练习写一个人、一件事。有些人常常说："我有一肚子故事，就是写不出来！"这是怎么回事呢？你若追问他：那些故事中的人都有什么性格？有哪些特点？他就回答不上来了。他告诉你的尽是一些新闻，一些事情，而没有什么人

---

① 原名《多练基本功——对石景山钢铁公司初学写作者的讲话摘要》。

物。我说，他并没有一肚子故事。尽管他生活在工厂里、农村里，身边有许多激动人心的新人新事，可是他没有仔细观察，人与事都从他的身边溜走了；他只记下了一些破碎不全的事实。要想把小说、剧本等写好，要先从练习写一个完完整整的人、一件完完整整的事做起。你要仔细观察身旁的老王或老李是什么性格，有哪些特点，随时注意，随时记录下来。这样的记录很重要，它能锻炼你的文字表达能力。不能熟练地驾驭文字，写作时就不能得心应手。有些书法家年老目昏，也还能写得很整齐漂亮。他们之所以能够得心应手，就是因为他们天天练习，熟能生巧。如果不随时注意观察，随时记下来，哪怕你走遍天下，还是什么也记不真确、详细，什么东西也写不出来。

刚才，我站在此地小坡上的小白楼前，看见工厂的夜景非常美丽；想来同志们都曾经站在那里看过好多次了，你们就应该把它记下来。在这夜景里，灯光是什么样子，近处如何，远处如何，雨中如何，雪后如何，都仔细地观察观察，把它记在笔记本上。

要天天记，养成一种习惯。刮一阵风，你记下来；下一阵雨，你也记下来，因为不知道哪一天，你的作品里就需要描写一阵风或一阵雨。你如果没有这种积累，就写不丰富。经常生活，经常积累，养成观察研究生活的习惯。习惯养成之后，虽不记，但也能抓住要点了。这样，日积月累，你肚子里的东西就多了起来。写作品不仅仗着临时观察，更需要随时留心，随时积累。

不要看轻这个工作，这不是一件容易事。一个人，有他的思想、感情、面貌、行动……，一件事物，有它的秩序、层次、始末……，能把它逼真地记下来并不容易。观察事物必须从头至尾，寻根追底，把它看全，找到它的"底"，因为做文章必须有头有尾，一开头就要想到它的"底"。不知全貌，不会概括。

有些年轻同志不注意这种基本功练习，一开始就写小说、剧本；这种情况好比没练习过骑车的人，就去参加骑车竞赛。

把语言练习通顺

下功夫把语言写通顺了，也是基本功，也是很重要的基本功。它和戏曲演员练嗓子、翻跟斗一样。演员不练嗓子，怎么唱戏呢？武生不会翻跟斗，怎么演武戏呢？文学创作也是一样，语言不通顺，不可能写出好文章。有些人，确实有一肚子生动的人物和故事，他向人谈讲时，谈得很热闹；可一写出来，就不那么动人了，这就是因为在语言方面缺乏训练，没有足够的表达能力。

有些人专以写小说、写剧本练习文字，这不妥当。文字要从多方面来练习，记日记，写笔记，写信……都是锻炼文字的机会；哪怕写一个便条，都应该一字不苟。

　　写文章，用一字、造一句，都要仔细推敲。写完一句，要看看全句站得住否，每个字都用得恰当与否，是不是换上哪一个字，意思就更明显，声音就更响亮。应知一个字要起一个字的作用，就像下棋使棋子那样。一句、一段写完之后，要看看前后呼应吗，连贯吗？字与字之间，句与句之间，段与段之间，都必须前后呼应，互相关联。慢慢地，你就学会更多的技巧，能够若断若续，有波澜，有起伏，读起来通畅而又有曲折。写小说的人，也不妨练习写写诗；写写诗，文字就可以更加精练，因为诗的语言必须很精练，一句要表达好几句的意思。文章写完之后，可以念给别人听听。念一念，那些不恰当的字句、不顺口的地方，就都显露出来了，才可以一一修改。文章叫人念着舒服顺口，要花很多心思和功夫。有人看我的文章明白易解，也许觉得我写时很轻松，其实不然。从哪儿开头，在哪儿收束，我要想多少遍。有时，开了许多头都觉得不合适，费了不少稿纸。

　　字的本身没有好或坏，要看用在什么地方。用得恰当，就生动有力。

　　文字要写得简练。什么叫作简练呢？简练就是话说得少，而意思包含得多。举一两句做例："小楼一夜听春雨，深巷明朝卖杏花。"只不过十四个字，可是包含多少情和景呀！

简练须要概括，须要多知多懂。知道一百个人，而写一个人；知道一百件事，而写一件事，才能写得简练。心有余力，有所选择，才能简练。譬如歌剧演员，他若扯着嗓子喊叫，就不好听；他必须天天练嗓子，练得运用自如，游刃有余，就好听了。

我建议大家多多练习基本功，哪怕再忙，每天也要挤出点时间写几百个字。要知道，练基本功的功夫，应该比创作的功夫多许多许多倍！

（原载 1962 年 1 月 4 日《北京文艺》1 月号）

勤有功

《戏剧报》编辑部嘱谈十年来写剧经验。这不容易谈。经验有好有坏。我的经验好的很少，坏的很多，十年来并没写出过优秀的作品即是明证。

现在谈谈我那很少很少的好经验。至于那些坏经验，当另文述之。

（一）我写得不好，但写得很勤。勤是好习惯。十年来，我发表的作品比我写的少；我扔掉过好几部剧本。我认为在学习过程中，出废品是很难免的。但是，废品也是花了些心血写出来的。所以，出废品并不完全是坏事。失败一次，即长一番经验。我发表过的那些剧本中，从今天看起来，还有应该扔掉的，我很后悔当初没下狠心扔掉它们。勤是必要的，但勤也还不能保证不出废品。我们应该勤了更勤。若不能勤，即连废品也写不出，虽然省事，但亦难以积累经验，定要吃亏。

勤于习作，就必然勤于观察，对新人新事经常关心。因此，这一本写失败了，即去另写一本。新事物是取之不竭的，何必一棵树吊死人？

即使是废品，其中也会有一二可取之处。不知何时，这一二可取之处还会有用，功夫没有完全白费。

一个人有一个人的工作方法。有的人须花费很多时间，才能写成一部剧本的初稿，而后又用很长时间去修改、加工。曹禺同志便是这样。他大约须用二年的时间写成一部作品。他写得很好。我性急，难取此法。我恨不能同时写三部作品，好的留着，坏的扔了。

对于已经成名的剧作家，我看曹禺同志的办法好（虽然我自己学不了他），不慌不忙地写，极其细致地加工，写出一本是一本，质量不致太差。我的勇于落笔、不怕扔掉的办法可能有益于初习写剧的人。每见青年剧作者，抱定一部剧稿，死不放手，改来改去，始终难以成功，于是力竭气衰，灰心丧胆。这样，也许就消沉下去，不敢再动笔。假若他敢写敢扔，这部不行，就去另写一部，或者倒会生气勃勃，再接再厉。既要学习，就该勤苦。一战成功的愿望一遭到失败，即往往一蹶不起。我们要受得住失败，屡败屡战。在我们写得多了之后，有胜有败，经验丰富了，再去学曹禺同志的办法似较妥当。

只有勤于动笔，才逐渐明白自己的长处与短处，得到提高。有的青年剧作者，在发表了一部相当好的作品之后，即长期歇笔。他还非常喜爱戏剧，而且随时收集写作资料。可是，资料积蓄了不少，只谈而不写，只虑而不作。要知道，笔墨不落在纸上，谁也不知道资料到底应当如何处理，如何找戏。跟别人谈论，大有好处，但是归根结底还是要自己动手去写，才能知其究竟。熟才能生巧。写过一遍，尽管不像样子，但也会带来不少好处。不断地写作才会逐渐摸到文艺创作的底。字纸篓子是我的密友，常往它里面扔弃废稿，一定会有成功的那一天。

"业精于勤"，信非虚语。

（二）我没有创造出典型的人物，可是我总把人物放在心上。我不大会安排情节，这是我的很大的缺点。我可是向来没有忽略过人物，尽管我笔下的人物并不都突出。

如何创造人物？人各一词，难求总结。从我的经验来看，首先是作者关心人。"目中无人"，虽有情节，亦难臻上乘。我不能说我彻底熟悉曾经描绘过的人物，但是，只要我遇到一个可喜的人物，我就那么热爱他（或她），总设法把他写得比本人更可喜可爱，连他的缺点也是可爱的。作者对人物有深厚的感情，人物就会精神饱满，气象堂堂。对于可憎的人物，我也由他的可憎之处，找出他自己生活得也怪有滋味的理由，以便使他振振有词，并不觉得自己讨厌该死。

我并不照抄人物，而是抓住人物的可爱或可憎之点，从新塑造，这就使想象得到活动的机会。我心中有了整个的一个人，才动笔写他。这样，他的举止言谈才会表里一致，不会自相矛盾。有时候，我的一出戏里用了许多角色，而大体上还都有个性格，其原因在此。大的小的人物都先在我心里成了形，所以不管他们有很多还是很少的台词，他们便一张嘴就差不多，虽三言两语也足以表现他们的性格。

观察人物要随时随地、经常留心的。观察得多了，即能把本来毫不相干的人们拉到一出戏里，形形色色，不至于单调。妇女商店里并没有八十岁的卖茶翁，也没有举人的女儿。我若为写《女店员》而只去参观妇女商店，那么我就只能看见许多年轻的女售货员。不，平日我也注意到街上的卖茶老翁和邻居某大娘。把这老翁与大娘同女售货员们拉上关系，人物就多起来，显着热闹。临时去观察一个人总不如随时注意一切的人更为重要。自己心里没有一个小的人海，创作起来就感到困难。

（三）有人说我的剧中对话写得还不坏，我不敢这么承认。我只是在写对话上用了点心而已。首先是，我要求对话要随人而发，恰合身份。我力求人物不为我说话，而我为人物说话。这样，听众或者得以因话知人，看到人物的性格。我不怕写招笑的废话，假若说话的是个幽默的人。反之，我心目中的人本极严肃，而我使他忽然开起玩笑来，便是罪过！

其次，我要求话里有话，稍有含蓄。因此，有时候我只写了几句简单的话，而希望导演与演员把那未尽之意用神情或动作补足了。这使导演与演员时常感到不好办。可是，他们的确有时候想出好办法，能够不增加词句而把作者的企图圆满地传达出来。这就叫听众听出弦外之音，更有意思。

我用的是普通话，没有什么奇文怪字。可是，我总想用普通话写出一些诗意来，比普通话多着一些东西，高出一块来。我未能句句都这么做到，但是我所做到了的那些就叫人听着有点滋味——既是大白话，又不大像日常习用的大白话。是不是这可以叫作加过工的大白话呢？若是可以，我就愿再多说几句：人物讲话必与理智、感情、性格三者相联系。从这三者去思索，我们就会找到适当的话语，适当的话语不至于空泛无力。找到适当的话语之后，还应再去加工，希望它由适当而精彩。这样，虽然是大白话，可是不至于老老实实地爬行了。它能一针见血，打动人心。说真的，假若话剧中的对话与日常生活中的语言毫无分别，絮絮叨叨，啰里啰唆，谁还去看话剧呢？

我没有写诗剧的打算。可是，我总想话剧中的对话应有诗的成分。这并不是说应当抛弃了现成的语言，而句句都是青山绿水，柳暗花明。不是的。我所谓的诗，是用现成的白话，经过加工，表达出人格之美、生活之美与革命斗争的壮丽。泛泛的词句一定负不起这个责任。

我所要的语言不是由模拟得来的。我们应当自树风格。曾见青年剧作者模仿一位四川的老作家的文字，四川人口中的"哪""啦"不分，所以这位老作家总是把"天哪"写成"天啦"。那位青年呢，是北方人，而也"天啦"起来。这个例子说明有的人是从书本上学习语言的。不错，书本上的语言的确应当学习，但是自己的文字风格绝对不能由模仿得来。我要求自己连一个虚字也不随便使用，必然几经揣摩，口中念念有词，才决定是用"呢"，还是用"啦"。尽管这样，我还时常写出拙笨的句子，既不顺口，也不悦耳。我还须多多用功。

只说这三点吧，我的那些缺点即暂不谈，留作另一篇小文的材料。

（原载 1959 年 9 月《戏剧报》第 18 期）

先学习语文

常常接到朋友来信，问我：心里有许多话，许多事，可就是写不出来，怎么办呢？

这个问题相当复杂，不易回答。我仅就此刻能想到的答复几句。

凡是能写些文艺作品的人都是先在语文上用过功夫的。文字写不通顺，没有法子写作品，因为诗、戏剧和小说等等都是用文字写成的。给我来信的朋友中，有些位的文字还没写通顺，就一心想写剧本或小说了，这当然有困难。怎么去克服困难呢？我看哪，请不要先在剧本或小说上打主意吧。应当先去进修语文。把文字写明白了，就有了表现能力，会把心中的话写到纸上去。有了这种能力，再进一步学习剧本与小说的写作，就必定很顺利。反之，还没有把心里的话明明白白地写在纸上的本事，就想去写剧本或小说，必定劳而无功。

我知道，在咱们的许多老作家里，如郭沫若先生、茅盾先生等等，起初都没想去搞文学创作。可是，他们都自幼练习过写文章，到了二十来岁的时候，他们的文字已然写得很好。此外，他们还学习了外国语。这样，赶到一个文艺运动来到，他们就想：我心里也有许多话、许多事，为什么不写写呢？他们就拿起笔来，唰唰地那么一写。他们竟自写出了诗、剧本或小说来了。他们的生活经验是这些作品的资料。他们读了不少古典的和现代的好作品，使他们明白了一些剧本是什么样子，小说是什么样子。这样，他们有了内容，也明白了形式，好吧，就去写吧。用什么写呢？文字！哪儿来的文字呢？他们早已预备好，自幼就预备起啊。

这么看起来，生活经验是重要的，文艺形式应该知道，可是掌握语言文字还是绝对必要的！不会写就是半个哑巴，只会用嘴说，而不会把话写在纸上。

会写，就有了信心。起初，在形式上也许要模仿模仿。可是一来二去，信心越来越高，创造的精神越来越旺，就必力求独创，敢把老套子都扔掉了。怎么想就能怎么写出来，就叫作得心应手。一旦能够在文字上做到得心应手，就会创造了。思想是极要紧的，但是若没有文字配合，什么高超的思想也只能藏在心里，说不出来呀。文字不是文艺创作的一切。只有文字而没有思想，没有生活，文字就失去生命力，像穿着新衣裳的死人那样。但是，有思想，有生活，而表达不出来，问题也极为严重。朋友们，我知道生活要紧，思想重要，但是由练习写作的程序来说，你们必须先把文字写清楚。没有通顺的文字，一句话也说不明白，写作就毫无办法。

语文是随时可以练习的。写日记、写信、纪录报告等等都是练习语文的机会，不可错过。谁知道自己的文字还很差，而非先写剧本或小说不可，谁就近乎自找别扭。一来文字有困难，二来又不知道剧本或小说怎么写，这两重困难实在不易同时克服，于是终日愁眉苦脸，痛苦得不得了。假若先专向语文进军，困难就减少了许多。等到文字通顺了，再进攻小说或剧本，必然比较顺利。在我接到的来信中，有不少是问创作窍门的。可是他们的文字还很欠通顺。我愿在此对大家说：第一个窍门就是努力进修语文。

（原载 1958 年 6 月 7 日《红岩》6 月号）

谈读书

我有个很大的毛病：读书不求甚解。

从前看过的书，十之八九都不记得；我每每归过于记忆力不强，其实是因为阅读时马马虎虎，自然随看随忘。这叫我吃了亏——光翻动了书页，而没吸收到应得的营养，好似把好食品用凉水冲下去，没有细细咀嚼。因此，有人问我读过某部好书没有，我虽读过，可也不敢点头，怕人家追问下去，无辞以答。这是个毛病，应当矫正！丢脸倒是小事，白费了时光实在可惜！

矫正之法有二：一曰随读随做笔记。这不仅大有助于记忆，而且是自己考试自己，看看到底有何心得。我曾这么办过，确有好处。不管自己的了解正确与否，意见成熟与否，反正写过笔记必得到较深的印象。及至日子长了，读书多了，再翻翻旧笔记看一看，就能发现昔非而今是，看法不同，有了进步。可惜，我没有坚持下去，所以有许多读过的著作都忘得一干二净。既然忘掉，当然说不上什么心得与收获，浪费了时间！

第二个办法是：读了一本文艺作品，或同一作家的几本作品，最好找些有关这些作品的研究、评论等著述来读。也应读一读这个作家的传记。这实在有好处。这会使我们把文艺作品和文艺理论结合起来，把作品与作家结合起来，引起研究兴趣，尽管我们并不想做专家。有了这点兴趣，用不着说，会使我们对那些作品与那个作家得到更深刻的了解，吸取更多的营养。孤立地读一本作品，我们多半是凭个人的喜恶去评断，自己所喜则捧入云霄，自己所恶则弃如粪土。事实上，这未必正确。及至读了有关这本作品的一些著述，我们就会发现自己的错误。这并不是说我们应该采取人云亦云的态度，不便自作主张。不是的。这是说，我们看了别人的意见，会重新去想一想。这么再想一想便大有好处。至少它会使我们不完全凭感情去判断，减少了偏见。去掉偏见，我们才能够吸取营养，扔掉糟粕——个人感情上所喜爱的那些未必不正是糟粕。

在我年轻的时候，我极喜读英国大小说家狄更斯的作品，爱不释手。我初习写作，也有些效仿他。他的伟大究竟在哪里？我不知道。我只学来些耍字眼儿、故意逗笑等等"窍门"，扬扬得意。后来，读了些狄更斯研究之类的著作，我才晓得原来我所模拟的正是那个大作家的短处。他之所以不朽并不在乎他会故意逗笑——假若他能够控制自己，减少些绕着弯子逗笑儿，他会更伟大！特别使我高兴的是近几年来看到些以马克思主义文艺观点写成的评论。这些评论是以科学的分析方法把狄更斯和别的名家安放在文学史中最合适的地位，既说明他们的所以伟大，也指出他们的局限与缺点。他们仍然是些了不起的巨人，但不再是完美无缺的神像。这使我不再迷信，多么好啊！是的，有关大作家的著作有很多，我们读不过来，其中某些旧作读了也不见得有好处。读那些新的吧。

真的，假若（还暂以狄更斯为例）我们选读了他的两三本代表作，又去读一本或两本他的传记，又去读几篇近年来发表的对他的评论，我们对于他一定会得到些正确的了解，从而取精去粗地吸收营养。这样，我们的学习便比较深入、细致，逐渐丰富我们的文学修养。这当然需要时间，可是细嚼烂咽总比囫囵吞枣强得多。

此外，我想因地制宜，各处都成立几个人的读书小组，约定时间举行座谈，交换意见，必有好处。我们必须多读书，可是工作又很忙，不易博览群书。假若有读书小组呢，就可以各将所得告诉别人；或同读一书，各抒己见；或一人读《红楼梦》，另一人读《曹雪芹传》，另一人读《红楼梦研究》，而后座谈，献宝取经。我想这该是个不错的方法，何妨试试呢。

（原载 1960 年 12 月 11 日《文艺报》）

怎样读小说

写一本小说不容易，读一本小说也不容易。平常人读小说，往往以为既是"小"说，必无关宏旨，所以就随便一看，看完了顺手一扔，有无心得，全不过问。这个态度，据我看，是不大对的。光阴是宝贵的，我们既破工夫去念一本书，而又不问有无心得，岂不是浪费了光阴吗？我们要这样去读小说，何不去玩玩球，练练武术，倒还有益于身体呀？再说，小说之所以能够存在，并不见完全因为它"小"而易读，可供消遣。反之，它之所以能够存在，正因为它有它特具的作用，不是别的书籍所能替代的。化学不能代替心理学，物理学不能代替历史；同样地，别的任何书籍也都不能代替小说。小说是讲人生经验的。我们读了小说，才会明白人间，才会知道处身涉世的道理。这一点好处不是别的书籍所能供给我们的。哲学能教咱们"明白"，但是它不如小说说得那么有趣，那么亲切，那么感动人，因为哲学太板着面孔说话，而小说则生龙活虎地去描写，使人感到兴趣，因而也就不知不觉地发生了潜移默化的作用。历史也写人间，似乎与小说相同。可是，一般地说，历史往往缺乏着文艺性，使人念了头疼；即使含有文艺性，也不能像小说那样圆满生动，活龙活现。历史可以近乎小说，但代替不了小说。世间恐怕只有小说能源源本本、头头是道地描画人世生活，并且能暗示出人生意义。就是戏剧也没有这么大的本事，因为戏剧须摆在舞台上去，而舞台的限制就往往叫剧本不能像小说那样自由描画。于此，我们知道了，小说是在书籍里另成一格，也就与别种书籍同样地有它独立的、无可代替的价值与使命。它不是仅供我们念着"玩"的。

读小说，第一能叫我们得到益处的，便是小说的文字。世界上虽然也有文字不甚好的伟大小说，但是一般地来说，好的小说大多数是有好文字的。所以，我们读小说时，不应只注意它的内容，也须学习它的文字：看它怎么以最少的文字，形容出复杂的心态物态来；看它怎样用最恰当的文字，把人情物状一下子形容出来，活生生地立在我们的眼前。况且一部小说中，又是有人有景有对话，千状万态，包罗万象，更是使我们心宽眼亮，多见多闻；假若我们细心去读的话，它简直就是一部最好的最丰富的模范文。反之，假若我们读到一部文字不甚好的小说，即使它有些内容，我们也就知道这部小说是不甚完美的，因为它有个文字拙劣的缺点。在我们读过一段描写人或描写事物的文字以后，试把小说放在一边，而自己拟作一段，我们便得到很不小的好处，因为拿我们自己的拟作与原文一比，就看出来人家的是何等简洁有力，或委婉多姿。而且还可以看出来，人家之所以能体贴入微者，必是由真正的经验而来，并不是先写好了"人生于世"而后敷衍成章的。假若我们也要写好文章，我们便也应该去细心观察人生与事物，观察之后，加以揣摩，而后我们才能把其中的精彩部分捉到，下笔如有神矣。闭着眼瞎想是写不出来东西的。

文字以外，我们该注意的是小说的内容。要断定一本小说内容的好坏，颇不容易，因为世间的任何一件事都可以作为小说的材料，实在不容易分别好坏。不过，大概地说，我们可以这样来决定：关心社会的便好，不关心社会的便坏。这似乎是说，要看作者的态度如何了。同一件事，在甲作家手里便当作一个社会问题而提出之，在乙作家手里或者就当作一件好玩的事来说。前者的态度严肃，关切人生；后者的态度随便，不关切人生。那么，前者就给我们一些知识，一点教训，所以好；后者只是供我们消遣，白费了我们的光阴，所以不好。青年们读小说，往往喜爱剑侠小说。行侠仗义，好打不平，本是一个黑暗社会中应有的好事。倘若作者专向着"侠"字这一方面去讲，他多少必能激动我们的正义感，使我们也要有除暴安良的抱负。反之，倘若作者专注意到"剑"字上去，说什么口吐白光，斗了三天三夜的法而不分胜负，便离题太远，而使我们渐渐走入魔道了。青年们没有多少判断能力，而且又血气方刚，喜欢热闹，故每每以惊奇与否断定小说的好歹，而不知惊奇的事未必有什么道理，我们费了许多光阴去阅读，并不见得有丝毫的好处。同样地，小说的穿插若专为故作惊奇，并不见得就是好作品，因为卖关子、耍笔调，都是低卑的技巧；而好的小说，虽然没有这些花样，却也自能引人入胜。一部好的小说，必是真有得说，真值得说；它决不求助于小小的技巧来支持门面。作者要怎样说，自然有个打算，但是这个打算是想把故事如何表现得更圆满更生动更经济，绝不是多绕几个圈子把故事拉得长长的，好多赚几个钱。所以，我们读一本小说，绝不该以内容与穿插的惊奇与否而定去取，而是要以作者怎样处理内容的态度，以及怎样设计去表现，去定好坏。假若我们能这样去读小说，则小说一定不是只供消遣的东西，而是对我们的文学修养与处世的道理，都大有裨益的。

（原载 1943 年 3 月 10 日《国文杂志》第 1 卷
第 4、5 期合刊）

读与写 ①

　　今天要谈的是读书与写作。我只是就自己读了些什么书来谈谈，供诸位参考，并不想勉强别人照我一样来读书。至于写作，我也是有自己的方法，不希望别人也应照我这样写。而且我很知道自己所写的这些东西都不大好，绝不敢在这儿向诸位做自我鼓吹，说我写的都是文艺杰作。

　　首先，我想提到读和写的关系。无论我们写小说或戏剧，恐怕最困难的一点就是不容易找到一个决定的形式。譬如我要写一篇小说，可以用第三身来写，说他怎样怎样，也可以用通信的方式来写，还可以用自传的方式来写。这些便是形式。假如一个人没有读很多书，那么要想写出一篇小说，尽管有极好的材料，但因为难想到一个合适的形式，终使着这篇小说减色。如果说你只念过《少年维特之烦恼》，于是你便照着这本书的形式来写，或者你只念过《鲁滨孙漂流记》，就照这本书

---

　　①　本文是老舍在重庆文化会堂发表的演讲。

的形式来写，并不想你这篇小说的内容与这种形式适合不适合，这实在是一件很吃亏的事。要是你书念得多，不用人家告诉你，自己便可清楚，心中这些材料，用何种方式表现得最恰当。

你现在要想写一篇描写自己心理的小说，你顶好用第一身，说我怎样怎样；若是你要描写第二人或第三人的心理，那你就该把你自己不放在里面，而用客观方式详细地来分析他们。这虽是一个浅显的比方，可是除非你书念得多，你也许做不到。书一念多啦，心中有这样一个故事，这样一些思想，马上就能找到一个最好表现的形式。

有人说，自从有新文学以来，并没有见到多少具有很好形式的小说，如郁达夫先生写了某种形式的小说，马上有许多人都写郁达夫式的小说；夏衍写了某一形式的剧本，立刻就有许多人写夏衍式的剧本。这种事实我们不否认，其所以有这样的事实，正因为他们书念得少，只好模仿人家的形式，把自己的内容装进去，两者不能相合，结果自然失败。

所以多念书是养成自己判断能力必要的条件，不管新书也好，旧书也好，它总有一贯的道理。从古至今，一本文艺作品流传下来，当然不是偶然的事，我们可以从一本两千年前流传下来的书，来帮助我们判断最近出的一本书。西洋有一句话说："你可看到一本新书出版时，可拿一本老书去念。"这种方法不一定对，假如这样，岂不新书店都得关门？不过这里面也自有一部分真理，就是这些老书里面有它不变的道理存在。譬如美，美的观念是随时代、地方而变的，我们在前数十年以小脚妇女为美，现在我们再看见小脚，就觉得那是不美了。美虽然变，然而美是不灭的。从最古的书一直到现在的书，能够流传，必定具有美的因素，若说一本书的文理不通，组织乱七八糟，而能流传五千年，乃是绝对没有的事。

其次，人情是不变的。社会关系变了，人情也变了，比如武松、李逵，是英雄豪杰，随便杀人，无半点同情心，在现在的我们看来，便觉得不大人道，我们现在写的小说中的人物不会像《水浒传》中那些人一样，所以人情是随历史社会而变。虽然如此，但这种变化很慢。在五千年前，爸爸爱儿子，给儿子抽大烟，因为抽大烟就很老实，躺在烟床上不出去乱跑。现在我们再没有爱儿子给他抽大烟的人了，只是父亲爱儿子，再过一万两万年，这种心理就是有变化，也变得极慢。

我们看看《书经》，这是一部很古的书，读下去便容易判断这不是一本文艺书，里面没有人情，没有写尧怎样爱他的儿子，舜怎样爱他的弟弟。别的书如《史记》，那就不同，虽则太史公写的《史记》中有的是报告，还有一些年表，可是有的地方写得非常生动活泼，像鸿门宴，以及霸王之霸与汉高祖怎样对功臣，都是栩栩如生，能使人感动，都是由于有人情之故。所以人情虽随时代而变，文艺作品中不能缺乏人情，则是一定不变的道理。

思想变得更快，比感情尤甚。孔子时代的思想不是诸葛亮的思想，诸葛亮时的思想又不是现在的思想，两千多年前的"四书"中的思想绝不适用于今日，可是我们还高兴去念它，就因书中有它的美和人情，叫你觉得那时候，应当那样思想，就不觉得陈旧。所以汉朝有汉朝的文字，唐朝有唐朝的文字，今日有今日的文字，文字虽在不断地变，所不变的是那一朝代所留下的东西，其文字最足以表现那一时代所要说的话。因此我们知道唐朝有韩愈这些人，宋朝有苏东坡这些人，便在于他们是那时代中最能用文字表现出他们的思想者，这是一定不变的道理。

我们知道了文学的条件，必须有美，有感情，有思想和好文字，则我们越多念书，越能判断什么是好作品，什么是坏的作品。一篇作品能流传，非具有这四类条件，至少具有此四者之大部分条件不可。根据这一意义，我们就可以知道何以古代流传下来的书，没有多少的原因，也可以判断今日作品的价值。

我很惋惜在我国社会中文艺的空气太不浓厚，不如欧西各国一样。在欧西各国，每逢出了一本新书，不但报纸杂志上有批评，就是在茶馆里，在一般人家中，大家也都热烈地批评和讨论最近出版的书籍。在我国则不同，遇到某人问他对一本新的著作有何意见，他只能告诉你这本书很好，究竟怎样好，都说不出来；所以今日一本极坏的书，没人批评，销路居然很好。要是大家读的书多，自然造成了一种批评的空气，大家敢于批评判断，文艺也才能走上发展的途径。

第三，我们读理论书永远不如读真正的作品，要知道凡是一种理论，都是由作品里面提出来。我们读十本书，书中用"然而"都是这种用法，故我们就知道凡"然而"必这样用，这即是理论。或者我先有一个主见，我是研究社会学的，可以从社会学的观点，来讨论文艺，或你是学美术的，可以从书中去找，以证实他的理论。其实这都是空的，理论好像是开的药方，若想以药方焙成灰，用开水喝下去，便可治愈，当然不可能，必须按方配药才成，作品就是药。现在社会上很多青年吃了这种药，他们就要先问理论是什么，自己并没有念过几本书，而高谈理论和做文章的方法，正等于焙药方治病一般。我最头痛的就是遇见青年问我什么叫浪漫主义，什么叫写实主义，我就是花上十点钟来解释，又能有什么用？如果问的人把浪漫派的代表作和写实派的代表作各念了十本，自然可以明白。所以我们应当先念作品，然后再去谈理论。

上面是随便谈谈读与写的关系，现在再说我是怎样去读和怎样去写的一点经过，供各位参考。

在最初我并没有想到自己要写小说，那时候因为念英文，在街上买了些二角钱一本的英文小说来念，念了后自己也想写点小说，这是写和我的第一次关系。当时所读的是些什么，现在已不大记得，大概都是如傻爱人等第二三等的小说。因为念的是这种英文，没有给我害怕，我也就敢于有勇气来写，写时当然顾不到形式和技巧。好在英文比中文流畅，句子完美复杂生动，所以我写的东西也在使其活泼就够了！《老张的哲学》即为这一时期的产物。

这本书在现在看来，非常给我惭愧，书的内容好像是有点神经病的人写的似的，要怎样就怎样，没有精密的结构。文字有的地方流畅，有的地方则讨厌，事实内容也是这样，尽管把自己所想到的搁进去，而不加选择。由这本书我得到两个相反的观念：第一，写东西不要急求发表。假如《老张的哲学》能搁一二年再拿出来，便可大大修改一遍，使它不致像现在样子令我脸红。第二，少年时应该有多写的勇气，不然年纪一大，书念多了，就会不敢下笔。这两种相反的意念凑合折中起来，便是青年人念了几本书，可以不管好坏地写，但是写完了不可立刻想发表，应当多搁一搁，等读的书多了，慢慢修改好它，再拿出去。

在这以后，我念书还是没有系统，但因自己外国文能力高一点，所读的书便也较高深。外国的经典文学都有自己的便宜版本，来便利大家阅读，我选择了这些作品来读，颇有点迷乱，因为它们都是出自各时代大家的手笔，有的是信笔写成，有的则经过详细的计划，有的是极端浪漫，有的则绝对地写实。叫我怎样来判断其好坏？自己没法来调和，只好随自己的兴致，爱什么就什么。因为我是一个急性人，永远不能订好详细的计划再动手，故对于那些钩心斗角，有多少波折，多少离合的小说，或如布局精密、情节奇异的侦探小说，都不是我所能学的，像这类小说，我就把它们搁在一边。还有描写男女间极端浪漫的小说，或将一件很小的事，把它写得天样大，这都是我所做不到的。我自己是一个穷人，小时候就被衣食钱财迫着老在地上站着，让我想入非非，飞到云里去，我不会，也只好把这类小说放在一边，因为我一天到晚总是在现实生活上，只会写与现实有关的东西。

这时候我特别注意念狄更斯的《块肉余生记》①《双城记》等，由他的作品中，我就发现了他初期的作品是乱七八糟，写到第三部小说，便找到了一条路线，文句相当完整，也有适当的形式，以后越写越精密，使我理解到写作有进步，必会注意形式。在此时期，我还念了几本法国小说的英译本如《茶花女》等，感到法国文学与英国文学迥然不同。英国人所写的东西，好像一个人穿的衣服不十分整洁，也许有一扣子没有扣，

---

① 现通译为《大卫·科波菲尔》。（若无特殊说明，本书注释均为编者注。）

或者什么地方破了一块，但总显得飘飘洒洒；法国人的作品则像一个美女要到跳舞场，连一个指甲都修饰得漂漂亮亮。所以法国的作品虽写得平常，因为讲究形式，总是写得四平八稳，好像杨小楼的戏一样；那些英国二三等小说，则好似海派的戏剧，以四十个旋子、六十个跟头见长。

我有了这样的认识，便决定我不能学的东西就是不读，且知道每一本小说中必定有活生生的人，不是先空空洞洞描述一件事。第三，明白形式的重要。于是我就开始写《赵子曰》。这本书的坏不说，无论如何在形式上是稍微完整一点，前后有一点呼应，自己在开始写的时候，便已想到最末一段。这实在是一个最有把握的写法，因为有了这种计划，前后尽管会有曲折，但也不会抵触得很远。这也就是说明多读书的结果，迟早必受影响。

我国的文学作品实在太不发达了，几百年来所产生的好小说极少。有一部《聊斋志异》，便出了许多什么什么志异，有一部唐人小说，也就出了些什么人什么人小说，有一部《红楼梦》，就接着出现《青楼梦》等，仅是这样的模仿，自然是黄鼠狼下刺猬，越下越不对。倘若我们能多读些外国作品，眼界一宽，或可免去模仿《聊斋》等之弊了。

写完《赵子曰》，就稍有系统点念书，决定了一个计划，大概有二年都是如此。就是一方面念文学，一方面念历史，从古代史开头，念哪一时代就同时念那时代的文学作品，如念古希腊历史，便同时念古希腊的文学，当然我都是用英文译本来念。这种方法我愿介绍给各位先生，因为我采用这种方法，第一我知道了希腊罗马时代和欧洲中古时代的文艺是什么样，无须再去买一本文学史来念，也就知道文学在历史上的地位是什么。历史是死的，只能告诉你某一时期怎样怎样，而且所告诉的不过一个简单的结论，文学则不然，它从容地把那一时期的生活方式都写出来告诉你，这样，使你不仅深刻地明白了历史的内容，也知道那一时代文学形式为什么那样的原因。所以现在大学里面只教学生念些世界文学史、英国文学史、法国文学史，结果四年毕业，没有念多少外国文学作品，乃是一种不妥当的方法，必须学生多念些外国原著，才不致流于空洞。我觉得历史好像是一棵树，文学是树上的花，文学史则是树上的一枝，我们仅仅从一节树枝来观察整个树，当然所见不完全，正如我们仅知道杏花是蔷薇科一样，是没有什么用的。

　　我到英国第五年，也就是末了一年，念的多是英国最近的作品，每一大文学家，不能都读完他的作品，也起码挑一两本来念。同时我也开始写第三部小说《二马》。念英国最近文学作品，有这样一种觉悟，即是那时正在欧战以后，欧洲出了不知多少文学上的派别。譬如我们今日大家在文化会堂相聚，我想创一派就叫文化派，在座的五十位同志跟我来创造这一派的小说，只求好奇立异，不一定有很好的东西。他们每一派的兴起，差不多就是这样，究竟他们能否在将来立得住脚，谁也不敢说。文学史上告诉过我们，当浪漫派兴起时，一年不知出了多少本小说和剧本，到现在究竟留下来的有几本？由此可知大多数的都是被牺牲和受淘汰了！在欧战结束后不久的欧洲，什么样的小说都有，有的不写人，光写人的眉毛，写了几万字，有的没有字，只有划和点，各自逞奇立异，也各有他的理论，然而今日都不再存在。这即是刚才所说的，文艺不断在变，但各自有不变的东西，缺少这些不变的东西，不成其为真正的文学作品。所以到这次世界大战前，欧洲文艺慢慢又恢复了原状，再没人花几万字去描写眉毛，而回到注重形式，有人物，有思想感情的路上去。要是我们看见文学上某一派兴起，就学某一派，则过了十年这派不再存在，我们也就随着没有了。

在《二马》这书中，自己也是上当，因为念到欧战以后的文艺，里面有几本是描写中国，我便写一个中国人怎样在伦敦，结果就变成了一种报告。要知道，报告这种东西，很难成为一种很好的文艺作品。假如你存心要报告某件事，是以为别人不知道。文艺则最好是写谁都知道的事，这才是本事。例如我的家在北方沦陷区，正盼着家书，到晚上想家时一定念出杜甫的"烽火连三月，家书抵万金"的句子，就因这种句子所含的感情为人人所具有。我们写报告，因为这事只有自己知道，乃是轻看了人家的感情思念。其实在文艺上越奇怪的事越不感动人，如在一次空难中，日本轰炸机不投炸弹，投下了许多豆沙包子，或者有一天在都邮街天空忽然投下一辆汽车，这种事固然新奇，可是我们报告出来，终不过新奇而已！我们描写空袭，是要道出每一人民内心的愤恨，这才是真正有价值。《二马》的失败，便在报告两个中国人在伦敦住着，闹了些什么笑话，立意根本不高，不过这书也有一个特点，即是文字上有了变化。在《老张的哲学》和《赵子曰》两书中，我往往用旧文字来修辞，以为文言白话搁在一起很优美和生动俏皮，到《二马》一书中，因当时北平国语运动盛行，有几位干这运动的朋友写信劝我不要再那样写，要尽量将白话的美，提炼到文字中。因此在《二马》中我极力避免用旧字句，能够有这种成绩，这不能不感谢那几位提倡白话的朋友！同时我还得感谢一位英国先生，他是一位教阿拉伯文学的老教授，一天问我英文书念了哪一些，我老实地告诉了他，他又问我《阿丽丝梦游奇境》念过没有。这本书是著名的童话，在英国无人不读，我当时还不知道这书，便说我没念过，他就说："那你还叫念英文吗？"回到家中我问房东，这位房东的学问也很好，通法文西班牙文等，他说这是一本童话，问应不应念，他说极应念，因为这是最好的英文。可见文字之好并不要掉书袋用典故，于是我明白一篇作品用最浅显的白话文字写出来与用深涩的文字写出来，两者相较，一定是白话文好，而且也很难。我国的四六文章，任何人下点功夫都可以写出来，反正只要把典故用上就得。但是，用浅显的白话文来形容一件事，一处风景，可就难了。以"远山如黛"四个字可描写出遥远的山景，用洋车夫说的话来描写这种景致，便不容易。在英文作品中最好的文字，首推英文《圣经》（与德文、拉丁文《圣经》同为世界三大名译），英文《圣经》的好处就在通顺流畅。英国传统的大作家的文字，也都如此。最近林语堂先生在美国这样红，主要的就是他的英文精简活泼。可惜我们许多青年朋友不大注意这些，现成的白话不用，一开头就原野、祖国，写得莫名其妙。我从写《二马》起，便对这方面努力，凡想到一句文言，必定同时想这句的白话，要是白话想不出，宁肯另外作一种说法，总求能够用白话来表达意思，什么祖国、原野等名词绝不用，您要是发现我在书中有一个，我可给您一块钱！您想想看，我们现在又不是在新加坡、在美国，自己脚踏在自己的国土上，为什么还要叫祖国，这可见是不通。所以我要告诉各位，写文艺时最要注意用白话，那些生硬的文言字句绝不能有什么帮助于你。

写完《二马》，我回国了。本来还可以在英国住下去，这次回来却侥幸得很，要不然，我仍在英国，会永远照《二马》的形式写下去，越写越没出息。因为什么？因为那时的英国很太平，我们国内则正是北伐时候。我一到新加坡，即感觉东西洋的空气不同，自己究竟对自己的国家隔阂了。当时国内新文艺已发展到一个高潮，好多作家都用他们的笔来写国家社会的各方面，写得或者不大好，而立意很高，除了一两个专写三角四角恋爱的小说以外，大多数都是想利用自己的文字对世界、对国家、对社会有点好处。以前我以为只要照英国二三流作家那样，写一点小故事，叫大家愉快就可以，一回到新加坡，才明白自己观念的错误。可见读书毕竟是读书，生活还更要紧，离开了现实的生活，读多少书也是没有用。

在新加坡停留了一个时期，想写一本华侨千辛万苦开辟南洋的小说，可是因为生活不够，没写成。第一在那边言语隔阂，华侨不是广东人即是福建人，他们说的都是家乡话，本地土人说的是马来话，言语不通，无法多接近，材料也搜集不到，因此便把原来的计划放弃，改写了《小坡的生日》。这是一个小童话，自己满意之点是继《二马》之后，把文字写得更加浅明，至于像一个童话不像，我就不敢说了。

随后我回到国内，写了一本《猫城记》。这是最失败的一篇东西，目的想讽刺，大概天下最难写的便是讽刺，小小的几句讽刺或者很容易，长篇大套可就费力不讨好。在我国的旧小说中，《镜花缘》是一本不坏的讽刺小说，我这本《猫城记》糟糕得很。本来写讽刺小说，除非你是当代第一流作家才能下笔，因为这是需要最高的智慧和最敏锐的思想的。我对这些都不够格，当然写得失败了！

写完了《猫城记》，又写《离婚》，用的文字差不多有了定型，结构也比较自然，看去相当有趣味。我看到国内的翻译小说以俄国的为最多，如契诃夫、安得烈夫的形式极完整，有时看去几乎没有形式的痕迹，非有很大的功夫看不出来。我这篇《离婚》虽不是学俄国文学，许是多少总受了点影响。俄国文学不仅形式好，描写也极深刻，如托尔斯泰，他的作品的深度为其他各国作家所没有。英国作家描写一个人，只要描写得漂漂亮亮就差不多，俄国作家则描写得把他的灵魂也表现了出来。我回国后看了不少俄国小说，觉得自己所写的东西分量太轻，虽说这种深度没方法可学到，它是一方面有关个人的教养，一方面更是有关民族性，但我不妨以他们的作品作一个借鉴。

接着我写《骆驼祥子》，把所知道的一个拉洋车的人的情形写出，结果也没写到多少深，这是由于天才修养的不够，但还可勉强过得关。我也希望能长此保持这种方向往前走，那就是说我的小说给人家一种消遣不算错误，如果能把读者的灵魂感动，那是更好。

到"一·二八"以后，我开始写短篇小说，到如今也写不好。我曾念过不少短篇小说，轮到自己写，却还是感到抓不住要如何才能写好，这是我前面说过的自己没有很细腻的思想。

第二，我的文字修养不够，长篇大论还可应付下去，短篇就控制不住。

到了抗战后，我也学着作一点诗，诗是作得根本不成东西，仅仅因为有点机会，我作了比较长的几篇诗。以后不想再写。我在外国读英文诗很少，加以我幼时颇喜欢旧诗，现在作新诗便脱不掉旧诗味。不过写旧诗的文字训练，有相当好处，我希望作新诗的朋友们，也不妨试一试旧诗，因为旧诗可以告诉你用字行文上一些技巧。您有新诗的天才，加上旧诗的锻炼，那么，您的诗必定可写得好。

末了，要谈到剧本。我写剧本不完全是学习的意思，将来我若出一本全集，或者不应把现在所写的剧本收入。我自己从来少念剧本，即使念得多，也不会写好，因为剧本与舞台关系太深，我缺少舞台的经验，写出的剧本只能放在桌上念，不能适用到舞台上，当然不算好剧本。舞台的一切设备，是一个综合的艺术，不懂得此综合的艺术，剧本自亦无法写好。我希望今后能对舞台艺术多加研究，能多和演戏的朋友接触，同时多读些剧本。则我再写剧本，怕仍会成为小说式的剧本，十之八九上演就不行。小说的伸缩性本来很大，可以东边说几句，西边扯几句，后头再找补几笔。剧本不然，上来就是戏，时时紧张，不能说演完一幕叫观众打瞌睡，再开始有戏，观众早就要退票了。小说的内容好不好，只要思想成，文字美，也可通融，剧本没有这一套，你不能说咱们这戏本并没有戏，只是文字不坏。

学写剧本有一样好处，就是能使自己对文字炼得紧凑。通常写小说的常患拉长说废话的毛病，经过写剧本虽没赚到什么，也没有增加好名誉，但没白费事，得了这样点好处。

还有近年写了点通俗文字，如旧戏大鼓书之类，这也都是练习写作。真正说起来，多少人（连我在内）所写的通俗文字，全不通俗，现在的大鼓书等都已都市化文人化了。真正的通俗文字是茶馆里说评书、唱金钱板，或者北平天桥的相声等，才是真正的民间文艺，这些文字才是活的，虽然粗俗，可是极有力量。关于这点，我还希望到抗战结束后能多下点功夫，写出点真正的民间东西。

今天诸位很踊跃地来听我乱讲一气，我非常感谢。各位要是打算学学文学，请记住多读多写多生活这三位一体的东西。

（原载 1943 年 4 月 20 日《文艺先锋》第 2 卷第 3 期）

古为今用

　　我们都愿意学习点古典文学，以便继承民族传统，推陈出新。在学习中，恐怕我们都可能有这样的经验：一接触了古典著作，我们首先就被著作中的文字之美吸引住，颇愿学上一学。那么，这篇短文就专谈谈从古典著作中学习文字的问题，不多说别的。

　　文字平庸是个毛病。为医治这个毛病，读些古典文学著作是大有好处的。可是，也有的人正因为读了些古典作品，而文字反倒更平庸了。这是怎么一回事呢？大概是这样：阅读了一些古典诗文，不由得就想借用一些词汇，给自己的笔墨添些色彩。于是，词汇较为丰富了，可是文笔反倒更显着平庸，因为说到什么都有个人云亦云的形容词，大雨必是滂沱的，火光必是熊熊的，溪流必是潺潺的……这样穿戴着借来的衣帽的文章是很难得出色的。

　　在另一方面，我们今天的文学工具是白话，不是文言。古典诗文呢，大都用文言，不用白话（《水浒传》《红楼梦》等是例外）。那么，由文言诗文借来的词汇，怎样天衣无缝地和白话结合在一处，实在不是一件容易的事。二者结合得不好，必会露出生拉硬扯的痕迹，有损于文章气势的通畅。

因此，我想学习古典文学的文字不应只图多识几个字，多会用几个字，更重要的是由学习中看清楚文学是与创造分不开的。尽管我们专谈文字的运用，但也须注意及此。我们一想起韩愈与苏轼，马上也就想起"韩潮苏海"来。这说明我们尊重二家，不因他们的笔墨相同，而因他们各有独创的风格。我们对李白与杜甫的尊重，也是因为他们的光芒虽皆万丈，而又各有千秋。

多识几个字和多会用几个字是有好处的。不过，这个好处很有限，它不会使我们深刻地了解如何创造性地运用文字。本来嘛，不管我们怎样精研古典文学，我们自己写作的工具还是白话——写旧体诗词是例外。这样，我们的学习不能不是摸一摸前人运用文字的底，把前人的巧妙用到我们自己的创作里来。这就是说，我们要求自己以古典文字的神髓来创造新的民族风格，使我们的文字既有民族风格，又有时代的特色。我们的责任绝对不限于借用几个古雅的词语。是的，我们须创造自己的文字风格。

因此，我们不要专看前人用了什么字，而更须留心细看他们怎样用字。让我们看看《文心雕龙》里的这几句吧："夫神思方运，万涂竞萌；规矩虚位，刻镂无形。登山则情满于山，观海则意溢于海。我才之多少，将与风云而并驱矣！方其搦翰，气倍辞前；暨乎篇成，半折心始。何则？意翻空而易奇，言征实而难巧也。"

写这段话的是个懂得写作甘苦的人。要不然，他不会说得这么透彻。他不但说得透彻，而且把山海风云都调动了来，使文章有气势，有色彩，有形象。这是一段理论文字，可是写得既具体又生动。

我们从这里学习什么呢？是抄袭那些词汇吗？不是的。假若我们不用"拿笔"，而说"搦翰"，便是个笑话。我们应学习这里的怎么字字推敲，怎样以丰富的词汇描绘出我们构思时候的心态，词汇多而不显着堆砌，说道理而并不沉闷。我们应学习这里的句句正确，而又气象万千，风云山海任凭调遣。这使我们看明白：我们是文字的主人，文字不是我们的主人。全部《文心雕龙》的词汇至为丰富。但是专凭词汇，成不了精美的文章。词汇的控制与运用才是本领的所在。我们的词汇比前人的更为丰富，因为我们的词汇既来自口语，又有一部分来自文言，而且还有不少由外国语言移植过来的。可是，我们的笔下往往显着枯窘。这大概是因为我们只着重词汇，而不相信自己。请看这首"诗"吧：

初升的朝暾

照耀着人间红亮，

虽然梅蕊初放，

人们的心房却热得沸腾！

这是一首习作，并不代表什么流派与倾向。可是这足以说明一个问题，就是有的人的确以为用上"朝暾""照耀""梅蕊"与"沸腾"，便可以算作诗了。有的人也这样写散文。他们忽略了文字必须通过我们自己的推敲锤炼，而后才能玉润珠圆。我们用文字表达我们的思想、感情；不以文字表达文字。字典里的文字最多，但字典不是文学作品。

据我猜，陶渊明和桐城派的散文家大概都是饱学之士。可是，陶诗与桐城派散文都是那么清浅朴实，不尚华丽。难道这些饱学之士真没有丰富的词汇供他们驱使吗？不是的。他们有意地避免藻饰，而独辟风格。可见同是一样的文字，在某甲手里就现出七宝莲台，在某乙手里又朴素如瓜棚豆架。一部文学史里，凡是有成就的作家，在文字上都必有独到之处，自成一家。

我们必须学点古典文学，但学习的目的是古为今用。我们要从古典文学中学会怎么一字不苟，言简意赅，学会怎么把普通的字用得飘飘欲仙，见出作者的苦心孤诣。这么下一番功夫，是为了把我们的白话文写出风格来，而不是文言与白话随便乱掺，成为杂拌儿。随便乱掺，文章必定松散无力。这种文章使人一看就看出来，作者的思想、感情，并没有和文字骨肉相关地结合在一起，而是随便凑合起来的。

我们要多学习古典文学，为的是写好自己的文章。我们是文字的使用者。通过学习，我们就要推陈出新，给文字使用开辟一条新路，既得民族传统的奥妙，又有我们自己的创造。继承传统绝对不是将就，不是生搬硬套，不是借用几个词语。我们要在使用文字上有所创造！

所谓不将就，即是不随便找个词语敷衍一下。我们要想，想了再想，以便独出心裁地找到最恰当的字。假若找不到，就老老实实地用普通的字，不必勉强雕饰。这比随便拉来一堆泛泛的修辞要更结实一些。更应当记住，我们既用的是白话，就应当先由白话里去找最恰当的字，看看我们能不能用白话描绘出一段美景或一个生龙活虎的人物。反之，若是一遇到形容，我们就放弃了白话，而求救于文言，随便把"朝暾""暮色"等搬了来，我们的文章便没法子不平庸无力。

是的，文言中的词汇用得得当，的确足以叫文笔挺拔，可是也必须留意，生搬硬套便达不到这个目的。语言艺术的大师鲁迅最善于把文言与白话精巧地结合在一处。不知他费了多少心思，才做到驰骋古今，综合中外，自成一家。他对白话与文言的词汇都呕尽心血，精选慎择，一语不苟。他不拼凑文字，而是使文言与白话都听从他的指挥，得心应手，令人叫绝。我们都该用心地阅读他的著作，特别是他的杂文。

至于学习古典文学，目的不仅在借用几个词语，前边已经说过，这里只须指出：减省自己的一番思索，就削弱了一分创造性。要知道，文言作品中也有陈词滥调，不可不去鉴别。即使不是陈词滥调，也不便拿来就用。我们必须多多地思索。继承古典的传统一定不是为图方便，求省事。想要掌握文字技巧必须下一番真功夫，一点也别怕麻烦。

（原载 1959 年 9 月《文艺报》第 18 期）

文学修养

　　我每月都接到几封青年们的来信，问我什么叫作文学修养。

　　有的来信中，偏重写作的技巧，仿佛认为写作技巧就是文学修养。

　　首先就须指出：文学修养包括写作技巧，写作技巧可不是文学修养全部。不要以为学会一些技巧便会创作了。老年间的秀才、举人，都在写作技巧上受过严格的训练，因为科场里的诗文程式必须严格注意，试卷上写错一字一笔就必落选。可是，大多数的秀才与举人并不懂什么叫文学，也没创作出什么有价值的作品来。可见，专凭技巧不能算有文学修养。

　　诗文有了一定的格式和一定的技巧，就必然限制了创作自由；一来二去，文学就衰落下去，而文人们成为诗匠、文匠，多数的秀才与举人老爷们即是。

　　写作技巧至少包括三方面：语言的运用、描写的能力和作品的结构。

这三者都不可孤立地看成只是技巧问题。语言与生活分不开。生活丰富，语言才会丰富。脱离生活，即只能写出干巴巴的八股滥调或学生腔，不能独具风格，创造语言。描写能力也如此，没有生活即无可描写。没见过工人的，没法子描写工人；没见过高山大川的，也无从描写高山大川。想象，甚至于幻想，须有客观的真实作基础。没有飞鸟，人便想不起飞机。描写人物与事物不是记流水账，而是使读者更深刻地认识人与事，感到亲切，受到感动。这样，作者必须有丰富的生活，观察得既广且深。不去生活，不多接触人与事，而只向别人讨教怎么描写，就好像自己不肯入水，而要学会游泳。

至于作品的结构，的确是因形式的不同而有所不同，如电影剧本与话剧剧本不同，话剧又与小说不同，应当学习。可是，主要的东西还是内容。没有内容，虽有结构也无济于事。八股文章最讲究结构，而没有什么内容，所以空洞无物，没有艺术价值。结构不过是为帮助把内容安排得严整完美，表现得富于故事性与艺术性。我们不能离开内容去考虑结构。有的作品，结构虽欠严谨，而内容极为丰富，便仍不失为好作品或伟大作品。有的作品，专讲结构，而内容贫乏，虽很见功夫，但难以伟大。内容更重要，虽然结构也须注意。话又说回来，生活丰富才能使作品内容丰富。"秀才不出门"，所以只会作空洞的八股。

这样看来，写作技巧原来也离不开生活。

不错，我们的确能够从学习古典文学与当代名著，得到一些技巧上的窍门。可是这些窍门并不能给我们解决一切问题。我们是要"创"作。既要"创"作就不能照猫画虎，只求跟范本差不多。大家若都用同样的技巧去写作，便无创作可言了。

文学修养包括写作技巧，而写作技巧又离不开生活，所以生活是文学修养的重要部分。离开生活，专谈技巧，文学创作便会僵化，写不出活生生的语言，描绘不出新人新事，也不敢别出心裁，以结构配合内容，有所创造。

有修养的作家必是生活丰富的作家。

所谓生活丰富是不是指眼界宽，看得多呢？是的，看得多有好处。不过，只看别人，做一辈子"视察员"，还不能解决问题。作家得有自己的生活。看别人怎么生活，能够丰富我们对人的了解。可是，只有自己也去生活，对人的了解才会深刻。因此，我们第一须和人民生活在一起，第二要在生活中表现得好，即使写不出好作品，仍不失为好人。文学修养包括怎么做人。这就是说，我们得先做个社会主义的人，而后才能做个社会主义的作家。

有的古人，人品不好，而写出了不坏的作品来。是的，确有此事。可是，要知道，历史并没有饶恕他们。历史上记载下来他们的坏事，遗臭万年。他们的作品并未能抵消他们的罪名。还要知道，并不是因为人品坏，他们才写出好作品来。恐怕倒是有了作品，名利双收之后，他们才腐化了的。再说，我们是生活在社会主义社会里，若没有社会主义的道德品质，我们就好坏不分，香臭不辨。不知英雄之所以为英雄与坏蛋之所以为坏蛋，我们怎能创造出社会主义的人物来呢？

文学修养必须包括思想。要不然便解决不了为什么创作这个问题。前面提到过的秀才举人们，大半是为了升官发财，才下苦功夫学习写作。个人名利就是他们的中心思想。这样的人一旦真做了官，很难不是贪官污吏。

谁都知道，我们今天正在建设社会主义。那么，作家而没有社会主义的思想，还是为个人名利而进行创作，怎能对头呢？我们必须首先看明白，我们的创作是为建设社会主义服务，并不是为自己求得名利。社会主义建设是我们的创作泉源，鼓舞人民建设社会主义的热情是我们创作的首要的作用。

这样看来，生活经验、社会主义思想与道德品质、写作技巧，以及文学知识都凑在一处，才能算是文学修养。

有这样的修养，才会有劳动热情，因为热爱劳动是社会主义道德品质的一种表现，它表现在日常生活中，也表现在进行创作的时候。

……

因此我们就要说，文学修养是全面的、复杂的，我们切勿以为得到一些写作窍门便能成为作家。文学修养当然也不是一天半天就能得到的，青年们切勿着急。人都是由年轻慢慢活到中年与老年的，不管怎么着急，我们也不能忽然由二十岁跳到四十岁去。文学修养也是慢慢积累起来的，不经一事，不长一智啊。一着急，就必去找捷径，捷径会使人走迷了路。看吧：有的初中学生放下别的功课，一天到晚抱着两本小说，想成为小说家。这很不对。一个小说家要有极丰富的知识，好，您连该学的地理、历史、算术等等的基本知识都扔在一旁，怎能成为小说家呢？再说，一个小说家必须有丰富的人生经验，那么，一个初中学生的人生经验就还很少，不够写成一部小说的。即使这部小说里只写学校中的人与事，也未见得就能出色，因为生活经验很少是完全孤立，与别的人别的事没有关系的。今天的学校生活必与今天的社会主义建设有千丝万缕的关系，我们若只知其一，不知其二，就不能正确地认识学校生活的意义。我们可以用学校里的事情为题，练习写作，但不该把这种习作就叫作创作。一个十四岁的学生在不耽误功课的条件下练习写作是可以的，但是要知道，到四十岁才开始创作也并不算太晚；世界上有不少优秀的作家是到了中年才开始进行创作的。

在咱们的社会里，有文学修养的都不难成为作家，因为咱们比资本主义国家里有更好的创作环境与条件。可是，咱们必须先要求自己储备文学修养，从思想上、道德品质上、生活上、文学知识上、写作技巧上，以及劳动习惯上各方面装备自己，而不该主观地在一切还都空空如也的时候就决定去做作家。这样主观地下决心，很容易放弃一切，轻视一切，而废寝忘食地去找写作窍门，去写稿子。这样死干，既有损于健康，也得不到文学的全面修养。既无全面修养，就认不清创作的崇高目的，而只求发表作品，名利双收。于是，幸而发表了作品，便以天才自诩，更无须注意什么思想与道德品质等等重要问题了。这样的"成功"，十之八九会毁坏了自己。若是作品发表不了呢，便会满腹牢骚，怨天尤人。因此，我看哪，比较合理的办法是先给自己储备下全面的基本文学修养，再去做作家，做了作家之后，再力求全面进步，成为更好的作家。这样的人即使始终做不成作家，仍不失为社会主义社会里有用的人。反之，在生活与思想等等方面毫无准备，或只准备下一点文字技巧，便非做作家不可，是会有危险的。

　　文学修养，再说一遍，不专指写作技巧而言。文学修养不是一天半天就能得到的，不要着急。记住：功到自然成，欲速则不达！

（原载 1957 年《文艺学习》12 月号，略有删节）

第二辑

我怎样学习语言

文艺的工具——言语

　　言语是文艺的工具。一个文人须会运用言语，正如一个木匠须会运用斧锯。

　　言语，虽然人人口中会讲，可不见得照样写下来便能成为文章。能出口成章的人是不多见的。一般地说，在日常讲话的时候，我们往往并不把一句话说完全，而用手势与眼神等将它补足；往往用字遣词都并不恰当，只要听者能听明白大意，就无须再去用力地找合适的字眼儿；往往我们绕着圈子说了许多废话，才把事情说清楚，只要听者不讨厌我们的絮絮叨叨，我们便乐得信口开河；往往我们赞美一个人或一朵花，我们并没有费力去找出最恰当的最生动的、像诗一样的词句，而只顺口搭音地说几个："真好看！""真漂亮！"——这样的词句其实一点也没道出那个人或那朵花到底是怎样好看。

　　赶到我们一拿起笔来写文章，我们立刻发现了，我们的手势与眼神不再帮忙了，我们须把每一句话都写完全。句子不完整的，永远成不了好文章。一句便是一段里的一思想单位——

它自己既须是个独立的整体，同时又与它的前面的和后面的句子有逻辑上的关联。我们的思想和感情必须用句子慢慢地一句一句地说出，如歌唱那样有板有眼似的。我们不能只说出半句，而把下半句咽在肚子里。人家是从纸上读我们的话，我们不能要求人家到咱们肚子里来找那"尽在不言中"的下半截儿。

每句都要成句，每句必是个清楚的思想的单位。

说话的时候可以马马虎虎，不必字字恰当。做文章可就必求字字恰当。我们要想，想，想了再想，怎样设法找到恰当的字，好使读者感到"读你一段文，胜谈十日话"！文艺中的言语，是言语的精华。文艺的可贵，就是因为它不单报告了宝贵的人生经验，而且是用了言语的精华报告出来的——它的语言像一个一个发亮的铜钉似的，钉入人们心里。

废话在文艺里是绝对要不得的。在茶馆里摆龙门阵，废话也许是必需的；但是，没人愿意从文艺中去看废话。文艺的价值就是在乎能以最经济的言语道出真理来。我们要想，想了再想，想怎样能够把语言制成小的钥匙，只须一动，便打开人们的心锁。世界上好的诗和好的散文，不都是这样吗？请不要说："文字有什么关系呢，我所关心的是真理呀？"

哼，请问，你从哪里听到过有真理的废话与糊涂话？

在说话时，我们可以用"真好看"或"真漂亮"一类不确切的形容去敷衍；在做文章的时候若仍用此法，我们便是自认无能。一般的人，活了一世，并不一定会看会听，辨不出哪是美哪是丑。他们来在世上，只是作了几十年的"走马观花"。幸而有些人，会看，会听，会看出一朵花的美，听出一只啼鸟或一股流泉的音乐。不但会听会看，他们还有用言语把它们写出来的本事。他们能使世人，因为他们的精辟独到的形容，睁开了眼，打开了耳。同样地，他们使世人知道了是非曲直。你看，文人的责任有多么重呀！是的，我们要认真去看，去听，去思想，好把世上那最善、最真、最美的，告诉给那些走马看花的人。我们的形容与描写是对人对事对物的详尽观察与苦心描绘的结果，而并不是"天气很好"的顺口敷衍！

我们创造人物、故事，我们也创造言语！

（原载 1944 年 7 月 10 日重庆《新华日报》）

关于文学的语言问题 ①

我想谈一谈文学语言的问题。

我觉得在我们的文学创作上相当普遍地存着一个缺点，就是语言不很好。

语言是文学创作的工具，我们应该掌握这个工具。我并不是技术主义者，主张只要语言写好，一切就都不成问题了。要是那么把语言孤立起来看，我们的作品岂不都变成八股文了吗？过去的学究们写八股文就是只求文字好，而不大关心别的。我们不是那样。我是说：我们既然搞写作，就必须掌握语言技术。这并非偏重，而是应当的。一个画家而不会用颜色，一个木匠而不会用刨子，都是不可想象的。

我们看一部小说、一个剧本或一部电影片子，我们是把它的语言好坏，算在整个作品的评价中的。就整个作品来讲，它应该有好的，而不是有坏的语言。语言不好，就妨碍了读者接

---

① 本篇是作者1954年年底在中国作家协会和电影局举办的电影剧本创作讲习会上所作的报告记录。

受这个作品。读者会说：啰里啰唆的，说些什么呀？这就减少了作品的感染力，作品就吃了亏！

在世界文学名著中，也有语言不大好的，但是不多。一般地来说，我们总是一提到作品，也就想到它的美丽的语言。我们几乎没法子赞美杜甫与莎士比亚而不引用他们的原文为证。所以，语言是我们作品好坏的一个部分，而且是一个重要部分。我们有责任把语言写好！

我们的最好的思想、最深厚的感情，只能被最美妙的语言表达出来。若是表达不出，谁能知道那思想与感情怎样的好呢？这是无可分离的、统一的东西。

要把语言写好，不只是"说什么"的问题，而也是"怎么说"的问题。创作是个人的工作，"怎么说"就表现了个人的风格与语言创造力。我这么说，说得与众不同，特别好，就表现了我的独特风格与语言创造力。艺术作品都是这样。十个画家给我画像，画出来的都是我，但又各有不同。每一个里都有画家自己的风格与创造。他们各个人从各个不同的风格与创造把我表现出来。写文章也如此，尽管是写同一题材，可也十个人写十个样。从语言上，我们可以看出来作家们的不同的性格，一看就知道是谁写的。莎士比亚是莎士比亚，但丁是但丁。文学作品不能用机器制造，每篇都一样，尺寸相同。翻开《红楼梦》看看，那绝对是《红楼梦》，绝对不能和《儒林外史》调换调换。不像我们，大家的写法都差不多，看来都像报纸上的通讯报道。甚至于写一篇讲演稿子，也不说自己的话，看不出是谁说的。看看爱伦堡的政论是有好处的。他谈论政治问题，还保持着他的独特风格，叫人一看就看出那是一位文学家的手笔。他谈什么都有他独特的风格，不"人云亦云"，正像我们所说："文如其人"。

不幸，有的人写了一辈子东西，而始终没有自己的风格。这就吃了亏。也许他写的事情很重要，但是因为语言不好，没有风格，大家不喜欢看；或者当时大家看他的东西，而不久便忘掉，不能为文学事业积累财富。传之久远的作品，一方面是因为它有好的思想内容，一方面也因为它有好的风格和语言。

这么说，是不是我们都须标奇立异，放下现成的语言不用，而专找些奇怪的，以便显出自己的风格呢？不是的！我们的本领就在用现成的、普通的语言，写出风格来。不是标奇立异，写得使人不懂。"啊，这文章写得深，没人能懂！"并不是称赞！没人能懂有什么好处呢？那难道不是糊涂文章吗？有人把"白日依山尽……更上一层楼"改成"………更上一层板"，因为楼必有楼板。大家都说"楼"，这位先生非说"板"不可，难道这算独特的风格吗？

同是用普通的语言，怎么有人写得好，有人写得坏呢？这是因为有的人的普通言语不是泛泛地写出来的，而是用很深的思想、感情写出来的，是从心里掏出来的，所以就写得好。别人说不出，他说出来了，这就显出他的本领。为什么好文章不能改，只改几个字就不像样子了呢？就是因为它是那么有骨有肉，思想、感情、文字三者全分不开，结成了有机的整体；动哪里，哪里就会受伤。所以说，好文章不能增减一字。特别是诗，必须照原样念出来，不能略述大意，（若说：那首诗好极了，说的是木兰从军，原句子我可忘了！这便等于废话！）也不能把"楼"改成"板"。好的散文也是如此。

运用语言不单纯是语言问题。你要描写一个好人，就须热爱他，钻到他心里去，和他同感受，同呼吸，然后你就能够替他说话了。这样写出的语言，才能是真实的，生动的。普通的话，在适当的时间、地点、情景中说出来，就能变成有文艺性的话了。不要只在语言上打圈子，而忘了与语言血肉相关的东西——生活。字典上有一切的字，但是，只抱着一本字典是写不出东西来的。

我劝大家写东西不要贪多。大家写东西往往喜贪长，没经过很好的思索，没有对人与事发生感情就去写，结果写得又臭又长，自己还觉得挺美——"我又写了八万字！"八万字又怎么样呢？假若都是废话，还远不如写八百个有用的字好。好多古诗，都是十几二十个字，而流传到现在，那不比八万字好吗？世界上最好的文字，就是最亲切的文字。所谓亲切，就是普通的话，大家这么说，我也这么说，不是用了一大车大家不了解的词汇字汇。世界上最好的文字，也是最精练的文字，哪怕只几个字，别人可是说不出来。简单、经济、亲切的文字，才是有生命的文字。

下面我谈一些办法，是针对青年同志最爱犯的毛病说的。

第一，写东西，要一句是一句。这个问题看来是很幼稚的，怎么会一句不是一句呢？我们现在写文章，往往一直写下去，半篇还没一个句点。这样一直写下去，连作者自己也不知道写到哪里去了，结果一定是糊涂文章。要先想好了句子，看站得稳否，一句站住了再往下写第二句。必须一句是一句，结结实实的，不摇摇摆摆。我自己写文章，总希望七八个字一句，或十个字一句，不要太长的句子。每写一句时，我都想好了，这一句到底说明什么，表现什么感情，我希望每一句话都站得住。当我写了一个较长的句子，我就想法子把它分成几段，断开了就好念了，别人愿意念下去；断开了也好听了，别人也容易懂。读者是很厉害的，你稍微写得难懂，他就不答应你。

同时，一句与一句之间的联系应该是逻辑的、有机的联系，就跟咱们周身的血脉一样，是一贯相通的。我们有些人写东西，不大注意这一点。一句一句不清楚，不知道说到哪里去了，句与句之间没有逻辑的联系，上下不相照应。读者的心里是这样的，你上一句用了这么一个字，他就希望你下一句说什么。例如你说"今天天阴了"，大家看了，就希望你顺着阴天往下说。你的下句要是说"大家都高兴极了"，这就联不上。阴天了还高兴什么呢？你要说"今天阴天了，我心里更难过了"，这就联上了。大家都喜欢晴天，阴天当然就容易不高兴。当然，农民需要雨的时候一定喜欢阴天。我们写文章要一句是一句，上下连贯，切不可错用一个字。每逢用一个字，你就要考虑到它会起什么作用，人家会往哪里想。写文章的难处，就在这里。

我的文章写得那样白，那样俗，好像毫不费力。实际上，那不定改了多少遍！有时候一千多字要写两三天。看有些青年同志们写的东西，往往吓我一跳。他下笔万言，一笔到底，很少句点，不知道在哪里才算完，看起来让人喘不过气来。

第二，写东西时，用字、造句必须先要求清楚明白。用字造句不清楚、不明白、不正确的例子是很多的。例如"那个长得像驴脸的人"，这个句子就不清楚、不明确。这是说那个人的整个身子长得像驴脸呢，还是怎么的？难道那个人没胳膊没腿，全身长得像一张驴脸吗？要是这样，怎么还像人呢？当然，本意是说：那个人的脸长得像驴脸。

所以我的意见是：要老老实实先把话写清楚了，然后再求生动。要少用修辞，非到不用不可的时候才用。在一篇文章里你用了一个"伟大的"，如"伟大的毛主席"，就对了；要是这个也伟大，那个也伟大，那就没有力量，不发生作用了。乱用比喻，那个人的耳朵像什么，眼睛像什么……就使文章单调无力。要知道：不用任何形容，只是清清楚楚写下来的文章，而且写得好，就是最大的本事，真正的功夫。如果你真正明白了你所要写的东西，你就可以不用那些无聊的修辞与形容，而能直截了当、开门见山地写出来。我们拿几句古诗来看看吧。像王维的"隔牖风惊竹"吧，就是说早上起来，听到窗子外面竹子响了。听到竹子响后，当然要打开门看看啰，这一看，下一句就惊人了，"开门雪满山"！这没有任何形容，就那么直接说出来了。没有形容雪，可使我们看到了雪的全景。若是写他打开门就"哟！伟大的雪呀！""多白的雪呀！"便不会惊人。我们再看看韩愈写雪的诗吧。他是一个大文学家，但是他写雪就没有王维写的有气魄。他这么写："随车翻缟带，逐马散银杯。"他是说车子在雪地里走，雪随着车轮的转动翻起两条白带子；马蹄踏到雪上，留了一个一个的银杯子。这是很用心写的，用心形容的。但是形容得好不好呢？不好！王维是一语把整个的自然景象都写出来，成为句名。而韩愈的这一联，只是琐碎的刻画，没有多少诗意。再如我们常念的诗句"山雨欲来风满楼"，这么说就够了，用不着什么形容。像"满城风雨近重阳"这一句诗，是抄着总根来的，没有枝节琐碎的形容，而把整个"重阳"季节的形色都写了出来。所以我以为：在你写东西的时候，要要求清楚，少用那些乱七八糟的修辞。你要是真看明白了一件事，你就能一针见血地把它写出来，写得简练有力！

我还有个意见：就是要少用"然而""所以""但是"，不要老用这些字转来转去。你要是一会儿"然而"，一会儿"但是"，一会儿"所以"，老那么绕弯子，不但减弱了文章的力量，读者还要问你："你到底要怎么样？你能不能直截了当地说话？！"不是有这样一个故事吗？我们的大文学家王勃写了两句最得意的话："落霞与孤鹜齐飞，秋水共长天一色。"传说，后来他在水里淹死了，死后还不忘这两句，天天在水上闹鬼，反复念着这两句。后来有一个人由此经过，听见了就说："你这两句话还不算太好。要把'与'字和'共'字删去，改成'落霞孤鹜齐飞，秋水长天一色'，不是更挺拔更好吗？"据说，从此就不闹鬼了。这把鬼说服了。所以文章里的虚字，只要能去的尽量把它去了，要不然死后想闹鬼也闹不成，总有人会指出你的毛病来的。

第三，我们应向人民学习。人民的语言是那样简练、干脆。我们写东西呢，仿佛总是要表现自己：我是知识分子呀，必得用点不常用的修辞，让人吓一跳啊。所以人家说我们写的是学生腔。我劝大家有空的时候找几首古诗念念，学习他们那种简练清楚，很有好处。你别看一首诗只有几句，甚至只有十几个字，说不定作者想了多少天才写成那么一首。我写文章总是改了又改，只要写出一句话不现成，不响亮，不像口头说的那样，我就换一句更明白、更俗的，务期接近人民口语中的话。所以在我的文章中，很少看到"愤怒的葡萄""原野""熊熊的火光"……这类的东西。而且我还不是仅就着字面改，像把"土"字换成"地"字，把"母亲"改成"娘"，而是要从整个的句子和句与句之间总的意思上来考虑，所以我写一句话要想半天。比方写一个长辈看到自己的一个晚辈有出息，当了干部回家来了，他拍着晚辈的肩说："小伙子，'搞'得不错呀！"这地方我就用"搞"，若不相信，你试用"做"，用"干"，准保没有用"搞"字恰当、亲切。假如是一个长辈夸奖他的子侄说："这小伙子，做事认真。"在这里我就用"做"字，你总不能说，"这小伙子，'搞'事认真"。要是看见一个小伙子在那里劳动得非常卖力气，我就写："这小伙子，真认真干。"这就用上了"干"字。像这三个字"搞""干""做"都是现成的，并不谁比谁更通俗，只看你把它搁在哪里最恰当、最合适就是了。

第四，我写文章，不仅要考虑每一个字的意义，还要考虑到每个字的声音。不仅写文章是这样，写报告也是这样。我总希望我的报告可以一字不改地拿来念，大家都能听明白。虽然我的报告作得不好，但是念起来很好听，句子现成。比方我的报告当中，上句末一个字用了一个仄声字，如"他去了"，下句我就要用个平声字，如"你也去吗"，让句子念起来叮当地响。好文章让人家愿意念，也愿意听。

好文章不仅让人愿意念，还要让人念了，觉得口腔是舒服的。随便你拿李白或杜甫的诗来念，你都会觉得口腔是舒服的，因为在用哪一个字时，他们便抓住了那个字的声音之美。以杜甫的"烽火连三月，家书抵万金"来说吧，"连三"两字，舌头不用更换位置就念下去了，很舒服。在"家书抵万金"里，假如你把"抵"字换成"值"字，那就别扭了。字有平仄——也许将来没有了，但那是将来的事，我们是谈现在。像北京话，现在至少有四声，这就有关我们的语言之美。为什么不该把平仄调配得好一些呢？当然，散文不是诗，但是要能写得让人听、念、看都舒服，不更好吗？有些同志不注意这些，以为既是白话文，一写就是好几万字，用不着细细推敲，他们吃亏也就在这里。

第五，我们写话剧、写电影的同志，要注意这个问题：我们写的语言，往往是干巴巴地交代问题。譬如，唯恐台下听不懂，上句是"你走吗？"下句一定是"我走啦！"既然是为交代问题，就可以不用真感情，不用最美的语言。所以我很怕听电影上的对话，不现成，不美。

我们写文章，应当连一个标点也不放松。文学家嘛，写文艺作品怎么能把标点搞错了呢？所以写东西不容易，不是马马虎虎就能写出来的。所以我们写东西第一要要求能念。我写完了，总是先自己念念看，然后再念给朋友听。文章要完全用口语，是不易做到的，但要努力接近口语化。

第六，中国的语言，是最简练的语言。你看我们的诗吧，就用四言、五言、七言，最长的是九言。当然我说的是老诗，新诗不同一些。但是哪怕是新诗，大概一百二十个字一行也不行。为什么中国古诗只发展到九个字一句呢？这就是我们文字的本质决定下来的。我们应该明白我们语言文字的本质。要真掌握了它，我们说话就不会绕弯子了。我们现在似乎爱说绕弯子的话，如"对他这种说法，我不同意！"为什么不说"我不同意他的话"呢？为什么要白添那么些字？又如"他所说的，那是废话"，咱们一般都说"他说的是废话"，为什么不这样说呢？到底是哪一种说法有劲呢？

这种绕弯子说话，当然是受了"五四"以来欧化语法的影响。弄得好嘛，当然可以。像说理的文章，往往是要改换一下中国语法。至于一般的话语，为什么不按我们自己的习惯说呢？

第七，说到这里，我就要讲到一个很重要的问题，就是深入浅出的问题。提到深入，我们总以为要用深奥的、不好懂的语言才能说出很深的道理。其实，文艺工作者的本事就是用浅显的话，说出很深的道理来。这就得想办法。必定把一个问题想得透彻了，然后才能用普通的、浅显的话说出很深的道理。我们开国时，毛主席说："中国人民站起来了。"中国经过了多少年艰苦的革命过程，现在人民才真正当家做主。这一句说出了真理，而且说得那么简单、明了、深入浅出。

第八，我们要说明一下，口语不是照抄的，而是从生活中提炼出来的。举一个例子，唐诗有这么两句："大漠孤烟直，长河落日圆。"这都没有一个生字。可是仔细一想，真了不起，它把大沙漠上的景致真实地概括地写出来了。沙漠上的空气干燥，气压高，所以烟一直往上升。住的人家少，所以是孤烟。大河上，落日显得特别大，特别圆。作者用极简单的现成的语言，把沙漠全景都表现出来了。没有看过大沙漠，没有观察力的人，是写不出来的。语言就是这样提炼的。有的人到工厂，每天拿个小本记工人的语言，这是很笨的办法。照抄别人的语言是笨事，我们不要拼凑语言，而是从生活中提炼语言。

语言须配合内容。我们要描写一个个性强的人，就用强烈的文字写，不是写什么都是那一套，没有一点变化，也就不能感动人。《红楼梦》中写到什么情景就用什么文字。文字是工具，要它干什么就干什么，不能老是那一套。《水浒传》中武松大闹鸳鸯楼那一场，都用很强烈的短句，使人感到那种英雄气概与敏捷的动作。要像画家那样，用暗淡的颜色表现阴暗的气氛，用鲜明的色彩表现明朗的景色。

其次，谈谈对话。对话很重要，是文学创作中最有艺术性的部分。对话不只是交代情节用的，而要看是什么人说的，为什么说的，在什么环境中说的，怎么说的。这样，对话才能表现人物的性格、思想、感情。想对话时要全面地、"立体"地去想，看见一个人在那儿斗争，就想这人该怎么说话。有时只说一个字就够了，有时要说一大段话。你要深入人物心中去，找到生活中必定如此说的那些话。沉默也有效果，有时比说话更有力量。譬如一个人在办公室接到电话，知道自己的小孩死了，当时是说不出话来的。又譬如一个人老远地回家，看到父亲死了，他只能喊出一声"爹"，就哭起来。他绝不会说："伟大的爸爸，你怎么今天死了！"没有人会这样说，通常是喊一声就哭，说多了就不对。无论写什么，没有彻底了解，就写不出。不同那人共同生活，共同哭笑，共同呼吸，就描写不好那个人。

我们常常谈到民族风格。我认为民族风格主要表现在语言上。除了语言，还有什么别的地方可以表现它呢？你说短文章是我们的民族风格吗？外国也有。你说长文章是我们民族风格吗？外国也有。主要是表现在语言上，外国人不说中国话。用我们自己的语言表现的东西有民族风格，一本中国书译成外文就变了样，只能把内容翻译出来，语言的神情很难全盘译出。

民族风格主要表现在语言文字上，希望大家多用功夫学习语言文字。

第二部分：回答问题。

我不想用专家的身份回答问题，我不是语言学家。对我们语言发展上的很多问题，不是我能回答的。我只能以一个写过一点东西的人的资格来回答。

第一个问题：怎样从群众语言中提炼出文学语言？

这我刚才已大致说过，学习群众的语言不是照抄，我们要根据创作中写什么人，写什么事，去运用从群众中学来的语言。一件事情也许普通人嘴里要说十句，我们要设法精简到三四句。这是作家应尽的责任，把语言精华拿出来。连造句也是一样，按一般人的习惯要二十个字，我们应设法用十个字就说明白。这是可能的。有时一个字两个字都能表达不少的意思。你得设法调动语言。你描述一个情节的发展，若是能够选用文字，比一般的话更简练、更生动，就是本事。有时候你用一个"看"字或"来"字就能省下一句话，那就比一般人嘴里的话精简多了。要调动你的语言，把一个字放在前边或放在后边，就可以省很多字。两句改成一长一短，又可以省很多字。要按照人物的性格，用很少的话把他的思想感情表达出来，而不要照抄群众语言。先要学习群众语言，掌握群众语言，然后创作性地运用它。

第二个问题：南方朋友提出，不会说北方话怎么办呢？

这的确是个问题！有的南方人学了一点北方话就用上，什么都用"压根儿"，以为这就是北方话。这不行！还是要集中思考你所写的人物要干什么，说什么。从这一点出发，尽管语言不纯粹，仍可以写出相当清顺的文字。不要卖弄刚学会的几句北方话！有意卖弄，你的话会成为四不像了。如果顺着人物的思想感情写，即使语言不漂亮，也能把人物的心情写出来。

我看是这样，没有掌握北方话，可以一面揣摩人情事理，一面学话，这么学比死记词汇强。要从活人活事里学话，不要死背"压根儿""真棒"……。南方人写北方话当然有困难，但这问题并非不能解决，否则沈雁冰先生、叶圣陶先生就写不出东西了。他们是南方人，但他们的语言不仅顺畅，而且有风格。

第三个问题：词汇贫乏怎么办？

我希望大家多写短文，用最普通的文字写。是不是这样就会词汇贫乏，写不生动呢？这样写当然词汇用得少，但是还能写出好文章来。我在写作时，拼命想这个人物是怎么思想的，他有什么感情，他该说什么话，这样，我就可以少用词汇。我主要是表达思想感情，不孤立地贪图多用词汇。

我写东西总是尽量少用字，不乱形容，不乱用修辞，从现成话里掏东西。一般人的社会接触面小，词汇当然贫乏。我觉得很奇怪，许多写作者连普通花名都不知道，都不注意，这就损失了很多词汇。我们的生活若是局限于小圈子里，对生活的各方面不感趣味，当然词汇少。作家若以为音乐、图画、雕塑、养花等等与自己无关，是不对的。对什么都不感兴趣，哪里来的词汇？你接触了画家，他就会告诉你很多东西，那就丰富了词汇。我不懂音乐，我就只好不说；对养花、鸟、鱼，我感兴趣，就多得了一些词汇。丰富生活，就能丰富词汇。这需要慢慢积蓄。你接触到一些京戏演员，就多听到一些行话，如"马前""马后"等。这不一定马上有用，可是当你写一篇文章，形容到一个演员的时候，就用上了。每一行业的行话都有很好的东西，我们接触多了就会知道。不管什么时候用，总得预备下，像百货公司一样，什么东西都预备下，从留声机到钢笔头。我们的毛病就是整天在图书馆中抱着书本。要对生活各方面都有兴趣；买一盆花，和卖花的人聊聊，就会得到许多好处。

第四个问题：地方土语如何运用？

语言发展的趋势总是日渐统一的。现在的广播、教科书都以官话为主。但这里有一个矛盾，即"一般化的语言"不那么生动，比较死板。所以，有生动的方言，也可以用。如果怕读者不懂，可以加一个注解。我同情广东、福建朋友，他们说官话是有困难的，但大势所趋，没有办法，只好学习。方言中名词不同，还不要紧，北京叫白薯，山东叫地瓜，四川叫红苕，没什么关系；现在可以互注一下，以后总会有个标准名词。动词就难了，地方话和北方话相差很多，动词又很重要，只好用"一般语"，不用地方话了。形容词也好办，北方形容浅绿色说"绿阴阴"的，也许广东人另有说法，不过反正有一个"绿"字，读者大致会猜到。主要在动词，动词不明白，行动就都乱了。我在一本小说中写一个人"从凳子上'出溜'下去了"，意思是这人突然病了，从凳上滑了下去，一位广东读者来信问："这人溜出去了，怎么还在屋子里？"我现在逐渐少用北京土语，偶尔用一个也加上注解。这问题牵涉到文字的改革，我就不多谈了。

第五个问题：写对话用口语还容易，描写时用口语就困难了。

我想情况是这样，对话用口语，因为没有办法不用。但描写时也可以试一试用口语，下笔以前先出声地念一念再写。比如描写一个人"身量很高，脸红扑扑的"，还是可以用口语的。别认为描写必须另用一套文字，可以试试嘴里怎么说就怎么写。

第六个问题："五四"运动以后的作品——包括许多有名作家的作品在内——一般工农看不懂、不习惯，这问题怎么看？

我觉得"五四"运动在语言问题上是有偏差的。那时有些人以为中国语言不够细致。他们都会一种或几种外国语，念惯了西洋书，爱慕外国语言，有些瞧不起中国话，认为中国话简陋。其实中国话是世界上最进步的。很明显，有些外国话中的"桌子""椅子"还有阴性、阳性之别，这没什么道理。中国话就没有这些啰里啰唆的东西。

但"五四"传统有它好的一面，它吸收了外国的语法，丰富了我们语法，使语言结构上复杂一些，使说理的文字更精密一些。如今天的报纸的社论和一般的政治报告，就多少采用了这种语法。

我们写作，不能不用人民的语言。"五四"传统好的一面，在写理论文字时，可以采用。创作还是应该以老百姓的话为主。我们应该重视自己的语言，从人民口头中，学习简练、干净的语言，不应当多用欧化的语法。

有人说农民不懂"五四"以来的文学，这说法不一定正确。以前农民不认识字，怎么能懂呢？可是也有虽然识字而仍不懂的，连今天的作品也还看不懂。从前中国作家协会开会请工人提意见，他们就提出某些作品的语言不好，看不懂，这是值得警惕的，这是由于我们还没有更好地学习人民的语言。

第七个问题：应当如何用文学语言影响和丰富人民语言？

我在三十年前也这样想过：要用我的语言来影响人民的语言，用白话文言夹七夹八地合在一起，可是问题并未解决。现在，我看还是老老实实让人民语言丰富我们的语言，先别贪图用自己的语言影响人民的语言吧。

第八个问题：如何用歇后语？

我看用得好就可以用。歇后语、俗语，都可以用，但用得太多就没意思。《春风吹到诺敏河》中，每人都说歇后语，好像一个村子都是歇后语专家，那就过火了。

（原载 1955 年 7 月 15 日《文艺月报》）

人、物、语言

在文学修养中，语言学习是很重要的。没有运用语言的本事，即无从表达思想、感情；即使敷衍成篇，也不会有多少说服力。

语言的学习是从事写作的基本功夫。

学习语言须连人带话一齐来，连东西带话一齐来。这怎么讲呢？这是说，孤立地去记下来一些名词与话语，语言便是死的，没有多大的用处。鹦鹉学舌就是那样，只会死记，不会灵活运用。孤立地记住些什么"这不结啦""说干脆的""包了圆儿"……并不就能生动地描绘出一个北京人来。

我们记住语言，还须注意它的思想感情，注意说话人的性格、阶级、文化程度，以及说话时的神情与音调等等。这就是说，必须注意一个人为什么说那句话，以及他怎么说那句话的。通过一些话，我们可以看出他的生活与性格来。这就叫连人带话一齐来。这样，我们在写作时，才会由人物的生活与性格出发，什么人说什么话，张三与李四的话是不大一样的。即使他俩说同一事件，用同样的字句，也各有各的说法。

语言是与人物的生活、性格等等分不开的。光记住一些话，而不注意说话的人，便摸不到根儿。我们必须摸到那个根儿——为什么这个人说这样的话，那个人说那样的话，这个人这么说，那个人那么说。必须随时留心，仔细观察，并加以揣摩。先由话知人，而后才能用话表现人，使语言性格化。

不仅对人物如此，就是对不会说话的草木泉石等等，我们也要抓住它们的特点特质，精辟地描写出来。它们不会说话，我们用自己的语言替它们说话。杜甫写过这么一句："塞水不成河"。这确是塞外的水，不是江南的水。塞外荒沙野水，往往流不成河。这是经过诗人仔细观察，提出特点，成为诗句的。

塞水没有自己的语言。"塞水不成河"这几个字是诗人自己的语言。这几个字都很普通。不过，经过诗人这么一运用，便成为一景，非常鲜明。可见只要仔细观察，抓到不说话的东西的特点特质，就可以替它们说话。没有见过塞水的，写不出这句诗来。我们对一草一木、一泉一石，都须下功夫观察。找到了它们的特点特质，我们就可以用普通的话写出诗来。光记住一些"柳暗花明""桃红柳绿"等泛泛的话，是没有多大用处的。泛泛的辞藻总是人云亦云，见不出创造本领来。用我们自己的话道出东西的特质，便出语惊人，富有诗意。这就是连东西带话一齐来的意思。

杜甫还有这么一句："月是故乡明"。这并不是月的特质。月不会特意照顾诗人的故乡，分外明亮一些。这是诗人见景生情，因怀念故乡，而把这个特点加给了月亮。我们并不因此而反对这句诗。不，我们反倒觉得它颇有些感染力。这是另一种连人带话一齐来。"塞水不成河"是客观的观察，"月是故乡明"是主观的情感。诗人不直接说出思乡之苦，而说故乡的月色更明，更亲切，更可爱。我们若不去揣摩诗人的感情，而专看字面儿，这句诗便有些不通了。

是的，我们学习语言，不要忘了观察人，观察事物。有时候，见景生情，还可以把自己的感情加到东西上去。我们了解了人，才能了解他的话，从而学会以性格化的话去表现人。我们了解了事物，找出特点与本质，便可以一针见血地状物绘景，生动精到。人与话，物与话，须一齐学习，一齐创造。

（原载 1963 年 2 月 5 日《北方文学》2 月号）

我怎样学习语言

二十多年前，我开始学习用白话写文章的时候，我犯了两个错儿：

一、以前用惯了文言，乍一用白话，我就像小孩子刚得到一件新玩意儿那样，拼命地玩耍。那时候，我以为只要把白话中的俏皮话儿凑在一处，就可以成为好文章，并不考虑那些俏皮话儿到底有什么作用，也不管它们是否被放在最合适的地方。

我想，在刚刚学习写作的人们里，可能有不少人也会犯我所犯过的毛病。在这儿谈一谈，也许是有好处的。

经过一个相当长的期间，我才慢慢明白过来，原来语言的运用是要看事行事的。我们用什么话语，是决定于我们写什么的。比方说，我们今天要写一篇什么报告，我们就须用简单的、明确的、清楚的语言，不慌不忙、有条有理地去写。光说俏皮话，不会写成一篇好报告。反之，我们要写一篇小说，我们就该当用更活泼、更带情感的语言了。

假若我们是写小说或剧本中的对话，我们的语言便决定于描写的那一个人。我们的人物们有不同的性格、职业、文化水平等等，那么，他们的话语必定不能像由作家包办的，都用一个口气、一个调调儿说出来。作家必须先胸有成竹地知道了人物的一切，而后设身处地写出人物的话语来。一个作家实在就是个全能的演员，能用一支笔写出王二、张三与李四的语言，而且都写得恰如其人。对话就是人物的性格等等的自我介绍。

在小说中，除了对话，还有描写、叙述等等。这些，也要用适当的语言去配备，而不应信口开河地说下去。一篇作品须有个情调。情调是悲哀的，或是激壮的，我们的语言就须恰好足以配备这悲哀或激壮。比如说，我们若要传达悲情，我们就须选择些色彩不太强烈的字、声音不太响亮的字，造成稍长的句子，使大家读了，因语调的缓慢、文字的暗淡而感到悲哀。反之，我们若要传达慷慨激昂的情感，我们就须用明快强烈的语言。语言像一大堆砖瓦，必须由我们把它们细心地排列组织起来，才能成为一堵墙或一间屋子。语言不可随便抓来就用上，而是经过我们的组织，使它能与思想感情发生骨肉相连的关系。

二、现在说我曾犯过的第二个错处。这个错儿恰好和第一个相反。第一个错儿，如上文所交代的，是撒开巴掌利用白话，而不知如何组织与如何控制。第二个错儿是感到弄不转白话的时候，我就求救于文言。在二十多年前，我不单这样做了，而且给自己找出个道理来。我说：这样做，为的是提高白话。好几年后，我才放弃了这个主张，因为我慢慢地明白过来：我的责任是用白话写出文艺作品，假若文言与白话掺夹在一道，忽而文，忽而白，便是我没有尽到责任。是的，有时候在白话中去找和文言中相同的字或词，是相当困难的；可是，这困难，只要不怕麻烦，并不是不能克服的。为白话服务，我们不应当怕麻烦。有了这个认识，我才尽力地避免借用文言，而积极地去运用白话。有时候，我找不到恰好相等于文言的白话，我就换一个说法，设法把事情说明白了。这样还不行，我才不得已地用一句文言——可是，在最近几年中，这个办法，在我的文字里，是越来越少了。这就是不单我的剧本和小说可以朗读，连我的报告性质的文字也都可以念出来就能被听懂的原因。

在最近的几年中，我也留神少用专名词。专名词是应该用的，可是，假若我能不用它，而还能够把事情说明白了，我就决定不用它。我是这么想：有些个专名词的含义是还不容易被广大群众完全了解的；那么，我若用了它们，而使大家只听见看见它们的声音与形象，并不明白到底它们是什么意思，岂不就耽误了事？那就不如避免它们，而另用几句普通话，人人能懂的话，说明白了事体。而且，想要这样说明事体，就必须用浅显的、生动的话，说起来自然亲切有味，使人爱听；这就增加了文艺的说服力量。有一次，我到一个中学里作报告。报告完了，学校一位先生对学生们说："他所讲的，我已经都给你们讲过了。可是，他比我讲得更透彻，更亲切，因为我给你们讲的是一套文艺的术语与名词，而他却只说大白话——把术语与名词里的含蕴都很清楚地解释了的大白话！他给你们解决了许多问题，我呢，惭愧，却没能做到这样！"是的，在最近几年中，我无论是写什么，我总希望能够充分地信赖大白话；即使是去说明比较高深一点的道理，我也不接二连三地用术语与名词。名词是死的，话是活的；用活的语言说明了道理，是比死名词的堆砌更多一些文艺性的。况且，要用普通话语代替了专名词，同时还能说出专名词的含义，就必须费许多心思，去想如何把普通话调动得和专名词一样的有用，而且比专名词更活泼，亲切。这么一来，可就把运用白话的本事提高了一步，慢慢地就会明白什么叫作"深入浅出"——用顶通俗的话语去说很深的道理。

现在，我说一说，我怎样发现了自己的错儿，以及怎样慢慢地去矫正它们。还是让我分条来说吧：

一、从读文艺名著，我明白了一些运用语言的原则。头一个是：凡是有名的小说或剧本，其中的语言都是源源本本的，像清鲜的流水似的，一句连着一句，一节跟着一节，没有随便乱扯的地方。这就告诉了我：文艺作品的结构穿插是有机的，像一个美好的生物似的；思想借着语言的表达力量就像血脉似的，贯串到这活东西的全体。因此，当一个作家运用语言的时候，必定非常用心，不使这里多一块，那里缺一块，而是好像用语言画出一幅匀整调谐，处处长短相宜、远近合适的美丽的画儿。这叫我学会了：语言须服从作品的结构穿插，而不能乌烟瘴气地乱写。这也使我知道了删改自己的文字是多么要紧的事。我们写作，最容易犯的毛病是写得太多。谁也不能既写得多，而又句句妥当。所以，写完了一篇必须删改。不要溺爱自己的文字！说得多而冗一定不如说得少而精。一个写家的本领就在于能把思想感情和语言结合起来，而后很精练地说出来。我们须狠心地删，不厌烦地改！改了再改，毫不留情！对自己宽大便是对读者不负责。字要改，句要改，连标点都要改。

阅读文艺名著，也叫我明白了：世界上最好的著作差不多也就是文字清浅简练的著作。初学写作的人，往往以为用上许多形容词、新名词、典故，才能成为好文章。其实，真正的好文章是不随便用，甚至于干脆不用形容词和典故的。用些陈腐的形容词和典故是最易流于庸俗的。我们要自己去深思，不要借用偷用滥用一个词语。真正美丽的人是不多施脂粉，不乱穿衣服的。明白了这个道理以后，我不单不轻易用形容词，就是

"然而"与"所以"什么的也能少用就少用，为的是叫文字结实有力。

二、为练习运用语言，我不断地学习各种文艺形式的写法。我写小说，也写剧本与快板。我不能把它们都写得很好，但是每一形式都给了我练习怎样运用语言的机会。一种形式有一种形式的语言，像话剧是以对话为主，快板是顺口溜的韵文等等。经过阅读别人的作品和自己的练习，剧本就教给了我怎样写对话，快板教给我怎样运用口语，写成合辙押韵的通俗的诗。这样知道了不同的技巧，就增加了运用语言的知识与功力。我们写散文，最不容易把句子写得紧凑，总嫌拖泥带水。这，最好是去练习练习通俗韵文，因为通俗韵文的句子有一定的长短，句中有一定的音节，非花费许多时间不能写成个样子。这些时间，可是，并不白费；它会使我们明白如何翻过来掉过去地排列文字，调换文字。有了这番经验，再去写散文，我们就知道了怎么选字炼句，以及一句话怎么能有许多的说法。还有，通俗韵文既要通俗，又是韵文，有时候句子里就不能硬放上专名词，以免破坏了通俗；也不能随便用很长的名词，以免破坏了韵文的音节。因此，我们就须躲开专名词与长的名词——像美国帝国主义等——而设法把它们的意思说出来。这是很有益处的。这教给我们怎样不倚赖专名词，而还能把话说明白了。作宣传的文字，似乎须有这点本领；否则满口名词，话既不活，效力就小。思想抓得紧，而话要说得活泼亲切，才是好的宣传文字。

三、这一项虽列在最后，却是最要紧的。我们须从生活中学习语言。很显然的，假若我要描写农人，我们就须下乡。这并不是说，到了乡村，我只去记几句农民们爱说的话。那是没有多少用处的。我的首要的任务，是去看农人的生活。没有生活，就没有语言。

有人这样问过我："我住在北京，你也住在北京，你能巧妙地运用了北京话，我怎么不行呢？"我的回答是：我能描写大杂院，因为我住过大杂院。我能描写洋车夫，因为我有许多朋友是以拉车为生的。我知道他们怎么活着，所以我会写出他们的语言。北京的一位车夫，也跟别的北京人一样，说着普通的北京话，像"您喝茶啦？""您上哪儿去？"等等。若专从语言上找他的特点，我们便会失望，因为他的"行话"并不很多。假若我们只仗着"泡蘑菇"什么的几个词语，去支持描写一位车夫，便嫌太单薄了。

明白了车夫的生活，才能发现车夫的品质、思想与感情。这可就找到了语言的泉源。话是表现感情与传达思想的，所以大学教授的话与洋车夫的话不一样。从生活中找语言，语言就有了根；从字面上找语言，语言便成了点缀，不能一针见血地说到根儿上。话跟生活是分不开的，因此，学习语言也和体验生活是分不开的。

　　一个文艺作品里面的语言的好坏，不都在乎它是否用了一大堆词汇，以及是否用了某一阶级、某一行业的话语，而在乎它的词汇与话语用得是地方不是。这就是说，比如一本描写工人的小说，其中工厂的术语和工人惯说的话都应有尽有，是不是这算一本好小说呢？未必！小说并不是工厂词典与工人语法大全。语言的成功，在一本文艺作品里，是要看在什么情节、时机之下，用了什么词汇与什么言语，而且都用得正确合适。怎能把它们都用得正确合适呢？还是那句话：得明白生活。一位工人发怒的时候，就唱起"怒发冲冠"来，自然不对路了；可是，叫他气冲冲地说一大串工厂术语，也不对。我们必须了解这位发怒的工人的生活，我们才会形容他怎样生气，才会写出工人的气话。生活是最伟大的一部活语汇书。

　　上述的一点经验，总起来就是：多念有名的文艺作品、多练习多种形式的文艺的写作，以及多体验生活。这三项功夫，都对语言的运用大有帮助。

（原载 1951 年 8 月 16 日《解放军文艺》

第 1 卷第 3 期）

谈文字简练

简练的文字不容易写。

首先，要有思想上的准备：认清楚为什么要写和为谁写。我们今天执笔为文，是为配合社会主义建设与大跃进，是为广大人民写的。因此，我们必须抓住要点，不蔓不枝，不浪费自己的笔墨，也不多耽误读者的宝贵时间。若不认识此理，我们就容易以为写文章完全是自己的事情，对别人概不负责，于是信笔所之，浩浩荡荡，没结没完。这样的文章必是事无大小，一视同仁，不加选择，不分轻重；也许还只顾了琐屑，而忘掉重点，使读者看完，得不到好处，也许只读三五行便读不下去了。这叫作不解决问题的文章，之乎者也一应俱全，可是没有人爱看。我们不应当写这样的文章。

我们现在写文章就是把我们的心交出来，交给人民。所以，第二件要事便是：我们的生活必须和人民的生活打成一片，别老趴在书桌上推敲文字，那推敲不出什么来。文字是说明生活的，没有生活，凭空推来敲去，文字总是死的。有人民的感情，才能写出人民爱看的文字，这叫心心相印。专凭咬言呷字，耍弄笔调，写来写去还是空空如也。

有了思想上的准备和生活的锻炼，我们第三件要事便是怎么运用语言文字了。

文字简练不等于苟简。所谓简练，是能够一个字当两个字用，一句话当两句话用的。说得少，而概括得多。这很不容易。为做到这样言简意赅，必须心中有数，的确知道自己要说什么。先要多思索。决定了要说什么，还要再思索：先说什么，后说什么。思想明确，思路顺当，就能够说得少，而包含的意思多。反之，想还没想清楚，层次混乱，就只能越说越多，也越糊涂。这样的糊涂文章，虽然字数很多，却仍是苟简的，因为光凭手写，而没动脑筋。不动脑筋，即不严肃，必然闲言碎语满篇，没有真话。

真话不仗着无聊的修辞来粉饰。恰相反，下笔之时不先想好要说什么，而只劳心焦思地去搬运修辞，预备东抹西涂，就一定写不出好文章来。生动鲜明的形容比没有形容好，不恰当的形容倒不如干脆不形容。泛泛的人云亦云的形容，只是使读者生厌，不如老老实实地直陈事实。朴实的文字能够独具风格，力求花哨而辞浮意晦是一种文病。真话是说到根儿上的话，从心窝子掏出来的话，它一定不需要无聊的修辞。

每一句要结结实实地立得住，每一个字要多多斟酌。字字妥当，句句结实，就会做到一个字当两个字用，一句话当两句话用。妥当的字、结实的句子，管的事儿多。古代恺撒征服了某地，向罗马报捷："我来了，看见了，征服了！"这很简单。可是，这也充分地表现了古代的一个能征惯战的大将的得意与威风凛凛。这简单的句子可以当好几句话用，而比好几句话更有劲。假若他这么说："看看我，我是何等伟大，英勇，所向无敌啊！我来到此地，看清楚一切，就列开阵式，把敌人打得落花流水，征服了敌人！你们欢呼吧，向伟大的恺撒欢呼吧！"恐怕就不大像恺撒的口气了。这吹嘘得太厉害，好像已经沉不住气，反损失了大将的威风。

妥当的字、结实的句子是由事理人情中得来的，光倚赖字典与词源不能解决问题。这就使我们更明白：文字的运用是与生活分不开的。生活中使用语言，创造语言。我们须从生活中学习语言，提炼语言。先求用字造句妥当明确，合乎逻辑，而后再进一步加工，达到生动鲜明。不合逻辑，即根本不能成立，怎能生动鲜明呢？今天有些学习写作的人，往往先求漂亮，拿起笔来不考虑如何说真话，而去找些好听的词汇，不管适用不适用，都勉强用上，以为这样就有文艺性了。这是个错误。他们以为做文章须装腔作势。事实上，好文章绝不虚伪，而是有什么说什么，说得有理，说得明确。明确有理的文章，有法子加工，使之生动鲜明。乌烟瘴气的文字很难加工，因为它本不知所云，定难下手修正。

（原载 1958 年《语文学习》5 月号）

言语与风格

　　小说是用散文写的，所以应当力求自然。诗中的装饰用在散文里不一定有好结果，因为诗中的文字和思想同是创造的，而散文的责任则在运用现成的言语把意思正确地传达出来。诗中的言语也是创造的，有时候把一个字放在那里，并无多少意思，而有些说不出来的美妙。散文不能这样，也不必这样。自然，假若我们高兴的话，我们很可以把小说中的每一段都写成一首散文诗。但是，文字之美不是小说的唯一的责任。专在修辞上讨好，有时倒误了正事。本此理，我们来讨论下面的几点：

　　一、用字。佛罗贝①说，每个字只有一个恰当的形容词。这在一方面是说选字须极谨慎，在另一方面似乎是说散文不能像诗中那样创造言语，所以我们须去找到那最自然、最恰当、最现成的字。在小说中，我们可以这样说，用字与其俏皮，不

---

　　① 现通译为福楼拜（1821—1880），法国著名作家。

如正确；与其正确，不如生动。小说是要绘色绘声地写出来，故必须生动。借用一些诗中的装饰，适足以显出小气呆死，如蒙旦[①]所言："在衣冠上，如以一些特别的、异常的式样以自别，是小气的表示。言语也如是，假若出于一种学究的或儿气的志愿而专去找那新词与奇字。"青年人穿戴起古代衣冠，适见其丑。我们应以佛罗贝的话当作找字的应有的努力，而以蒙旦的话为原则——努力去找现成的活字。在活字中求变化，求生动，文字自会活跃。

二、比喻。约翰孙[②]博士说："司微夫特[③]这个家伙永远不随便用个比喻。"这是句赞美的话。散文要清楚利落地叙述，不仗着多少"我好比"叫好。比喻在诗中是很重要的，但在散文中用得过多便失了叙述的力量与自然。看《红楼梦》中描写黛玉："两弯似蹙非蹙笼烟眉，一双似喜非喜含情目。态生两靥之愁，娇袭一身之病。泪光点点，娇喘微微。闲静似娇花照水，行动如弱柳扶风。心较比干多一窍，病如西子胜三分。"这段形容犯了两个毛病：第一是用诗语破坏了描写的能力。念起来确有诗意，但是到底有肯定的描写没有？在诗中，像"泪

---

① 现通译为蒙田（1533—1592），法国散文家。

② 现通译为约翰逊（1709—1784），英国作家、文学评论家和诗人。

③ 现通译为斯威夫特（1667—1745），英国作家。

光点点"，与"闲静似娇花照水"一路的句子是有效力的，因为诗中可以抽出一时间的印象为长时间的形容：有的时候她泪光点点，便可以用之来表现她一生的状态。在小说中，这种办法似欠妥当，因为我们要真实的表现，便非从一个人的各方面与各种情态下表现不可。她没有不泪光点点的时候吗？她没有闹气而不闲静的时候吗？第二，这一段全是修辞，未能由现成的言语中找出恰能形容出黛玉的字来。一个字只有一个形容词，我们应再给补充上：找不到这个形容词便不用也好。假若不适当的形容词应当省去，比喻就更不用说了。没有比一个精到的比喻更能给予深刻的印象的，也没有比一个可有可无的比喻更累赘的。我们不要去费力而不讨好。

比喻由表现的能力上说，可以分为表露的与装饰的。散文中宜用表露的——用个具体的比方，或者说得能更明白一些。庄子最善用这个方法，像庖丁以解牛喻见道便是一例，把抽象的哲理作成具体的比拟，深入浅出地把道理讲明。小说原是以具体的事实表现一些哲理，这自然是应有的手段。凡是可以拿事实或行动表现出的，便不宜整本大套地去讲道说教。至于装饰的比喻，在小说中是可以免去便免去的。散文并不能因为有些诗的装饰便有诗意。能直写，便直写，不必用比喻。比喻是不得已的办法。不错，比喻能把印象扩大增深，用两样东西的力量来揭发一件东西的形态或性质，使读者心中多了一些图像：人的闲静如娇花照水，我们心中便于人之外，又加了池畔娇花的一个可爱的景色。但是，真正有描写能力的不完全靠着这个，他能找到很好的比喻，也能直接地捉到事物的精髓，一语道破，不假装饰。比如说形容一个癞蛤蟆，而说它"谦卑地工作着"，便道尽了它的生活姿态，很足以使我们落下泪来：一个益虫，只因面貌丑陋，总被人看不起。这个，用不着什么比喻，更用不着装饰。我们本可以用勤苦的丑妇来形容它，但是用不着；这种直写法比什么也来得大方，有力量。至于说它丑若无盐，毫无曲线美，就更用不着了。

三、句。短句足以表现迅速的动作，长句则善表现缠绵的情调。那最短的以一二字作成的句子足以助成戏剧的效果。自然，独立的一语有时不足以传达一完整的意念，但此一语的构成与所欲给予的效果是完全的，造句时应注意此点；设若句子的构造不能独立，即是失败。以律动言，没有单句的音节不响而能使全段的律动美好的。每句应有它独立的价值，为造句的第一步。及至写成一段，当看那全段的律动如何，而增减各句的长短。说一件动作多而急速的事，句子必须多半短悍，一句完成一个动作，而后才能见出继续不断而又变化多端的情形。试看《水浒传》里的"血溅鸳鸯楼"：

武松道："一不作，二不休！杀了一百个也只一死！"提了刀，下楼来。夫人问道："楼上怎地大惊小怪？"武松抢到房前。夫人见条大汉入来，兀自问道："是谁？"武松的刀早飞起，劈面门剁着，倒在房前声唤。武松按住，将去割头时，刀切不入。武松心疑，就月光下看那刀时，已自都砍缺了。武松道："可知割不下头来！"便抽身去厨房下拿取朴刀，丢了缺刀，翻身再入楼下来……

　　这一段有多少动作？动作与动作之间相隔多少时间？设若都用长句，怎能表现得这样急速火炽呢！短句的效用如是，长句的效用自会想得出的。造句和选字一样，不是依着它们的本身的好坏定去取，而是应当就着所要表现的动作去决定。在一般的叙述中，长短相间总是有意思的，因它们足以使音节有变化，且使读者有缓一缓气的地方。短句太多，设无相当的事实与动作，便嫌紧促；长句太多，无论是说什么，总使人的注意力太吃苦，而且声调也缺乏抑扬之致。

　　在我们的言语中，既没有关系代名词，自然很难造出平匀美好的复句来。我们须记住这个，否则一味地把有关系代名词的短句全变成很长很长的形容词，一句中不知有多少个"的"，使人没法读下去了。在做翻译的时候，或者不得不如此；创作既是要尽量地发挥本国语言之美，便不应借用外国句法而把文字弄得不自然了。"自然"是最要紧的。写出来而不能读的便是不自然。打算要自然，第一要维持言语本来的美点，不做无谓的革新；第二不要多说废话及用套话，这是不做无聊的装饰。

写完几句，高声地读一遍，是最有益处的事。

四、节段。一节是一句的扩大。在散文中，有时非一气读下七八句去不能得个清楚的观念。分节的功用，那么，就是在叙述程序中指明思路的变化。思想设若能有形体，节段便是那个形体。分段清楚、合适，对于思想的明晰是大有帮助的。

在小说里，分节是比较容易的，因为既是叙述事实与行动，事实与行动本身便有起落首尾。难处是在一节的律动能否帮助这一段事实与行动，恰当地、生动地，使文字与所叙述的相得益彰，如有声电影中的配乐。严重的一段事实，而用了轻飘的一段文字，便是失败。一段文字的律动音节是能代事实道出感情的，如音乐然。

五、对话。对话是小说中最自然的部分。在描写风景人物时，我们还可以有时候用些生字或造些复杂的句子；对话用不着这些。对话必须用日常生活中的言语；这是个怎样说的问题，要把顶平凡的话调动得生动有力。我们应当与小说中的人物十分熟识，要说什么必与时机相合，怎样说必与人格相合。顶聪明的句子用在不适当的时节，或出于不相合的人物口中，便是作者自己说话。顶普通的句子用在合适的地方，便足以显露出人格来。什么人说什么话，什么时候说什么话，是最应注意的。老看着你的人物，记住他们的性格，好使他们有他们自己的话。学生说学生的话，先生说先生的话，什么样的学生与先生又说什么样的话。看着他的环境与动作，他在哪里和干些什么，好使他在某时某地说什么。对话是小说中许多图像的联结物，不是演说。对话不只是小说中应有这么一项而已，而是要在谈话里发出文学的效果；不仅要过得去，还要真实，对典型真实，对个人真实。

一般地说，对话须简短。一个人滔滔不绝地说，总缺乏戏剧的力量。即使非长篇大论地独唱不可，亦须以说话的神气、手势及听者的神色等来调剂，使不至冗长沉闷。一个人说话，即使是很长，另一人时时插话或发问，也足以使人感到真像听着二人谈话，不至于像听留声机片。答话不必一定直答所问，或旁引，或反诘，都能使谈话略有变化。心中有事的人往往所答非所问，急于道出自己的忧虑，或不及说完一语而为感情所阻断。总之，对话须力求像日常谈话，于谈话中露出感情，不可一问一答，平板如文明戏的对口。

善于运用对话的，能将不必要的事在谈话中附带说出，不必另行叙述。这样往往比另作详细陈述更有力量，而且经济。形容一段事，能一半叙述，一半用对话说出，就显着有变化。

譬若甲托乙去办一件事，乙办了之后，来对甲报告，反比另写乙办事的经过较为有力。事情由口中说出，能给事实一些强烈的感情与色彩。能利用这个，则可以免去许多无意味的描写，而且老叫谈话有事实上的根据——要不说空话，必须使事实成为对话资料的一部分。

六、风格。风格是什么？暂且不提。小说当具怎样的风格？也很难规定。我们只提出几点，作为一般的参考：

（一）无论说什么，必须真诚，不许为炫弄学问而说。典故与学识往往是文字的累赘。

（二）晦涩是致命伤，小说的文字须于清浅中取得描写的力量。Meredith（梅瑞杕兹）① 每每写出使人难解的句子，虽然他的天才在别的方面足以补救这个毛病，但究竟不是最好的办法。

（三）风格不是由字句的堆砌而来的，它是心灵的音乐。叔本华说："形容词是名词的仇敌。"是的，好的文字是由心中炼制出来的；多用些泛泛的形容字或生僻字去敷衍，不会有美好的风格。

（四）风格的有无是绝对的，所以不应去模仿别人。风格与其说是文字的特异，还不如说是思想的力量。思想清楚，才

---

① 现通译为梅瑞狄斯（1828—1909），英国诗人、小说家。

能有清楚的文字。逐字逐句地去摹写，只学了文字，而没有思想做基础，当然不会讨好。先求清楚，想得周密，写得明白；能清楚而天才不足以创出特异的风格，仍不失为清楚；不能清楚，便一切无望。

（原载 1936 年 12 月 16 日《宇宙风》第 31 期）

学生腔

何谓学生腔？尚无一定的说法。

在这里，我并不想给它下个定义。

不管怎么说，学生腔总是个贬词。那么，就我所能见到的来谈一谈，或不无好处。

最容易看出来的是学生腔里爱转文，有意或无意地表示作者是秀才。古时的秀才爱转诗云、子曰与之乎者也。戏曲里、旧小说里，往往讽刺秀才们的这个酸溜溜的劲儿。今之"秀才"爱用"众所周知""愤怒的葡萄"等等书本上的话语。

不过，这还不算大毛病，因为转文若转对了，就对文章有利。问题就在转得对不对。若是只贪转文，有现成、生动的话不用，偏找些陈词滥调来敷衍，便成了毛病。

为避免此病，在写文章的时候，我们必须多想。想每个字合适与否，万不可信笔一挥，开特别快车。写文章是极细致的工作。字没有高低贵贱之分，全看用得恰当与否。连着用几个"伟大"，并不足使文章伟大。一个很俗的字，正如一个很雅的字，用在恰当的地方便起好作用。不要以为"众所周知"是每篇文章不可缺少的，非用不可的。每一篇的内容不同，它所需要的话语也就不同；生活不同，用语亦异；若是以一套固定的话语应付一切，便篇篇如此，一道汤了。要想，多想，字字想，句句想。想过了，便有了选择；经过选择，才能恰当。

多想，便能去掉学生腔的另一毛病——松懈。文章最忌不疼不痒，可有可无。文章不是信口开河，随便瞎扯，而是事先想好，要说什么，无须说什么，什么多说点，什么一语带过，无须多说。文章是妥善安排，细心组织成的。说值得说的，不说那可有可无的。学生腔总是不经心地泛泛叙述，说得多，而不着边际。这种文字对谁也没有好处。写文章要对读者负责，必须有层次，清清楚楚，必须叫读者有所得。

幼稚，也是学生腔的一病。这有两样：一样是不肯割舍人云亦云的东西。举例说，形容一个爱修饰的人，往往说他的头发光滑得连苍蝇都落不住。这是人人知道的一个说法，顶好省去不用。用上，不算错误；但是不新颖，没力量，人云亦云。第二样是故弄聪明，而不合逻辑，也该删去或修改。举例说，有一篇游记里，开篇就说："这一回，总算到了西北，到了古代人生活过的环境里了。"这一句也许是用心写的，可是心还没用够，不合逻辑，因为古人生活过的地方不止西北。写文章应出奇制胜，所以要避免泛泛的陈述。不能出奇，则规规矩矩地述说，把事情说明白了，犹胜于东借一句，西抄一句。头一个说头发光滑得连苍蝇都落不住的是有独创能力的，第二个人借用此语，便不新鲜了，及至大家全晓得了此语，我们还把它当作新鲜话儿来用，就会招人摇头了。要出奇，可也得留神是否合乎逻辑。逻辑性是治幼稚病的好药。所谓学生腔者，并不一定是学生写的。有的中学生、大学生，能够写出很好的文字。一位四五十岁的人，拿起笔来就写，不好好地去想，也会写出学生腔来。写文章是费脑子的事。

用学生腔写成的文章往往冗长，因为作者信口开河，不知剪裁。文章该长则长，该短则短。长要精，短也要精。长不等于拖泥带水，扯上没完。有的文章，写了一二百字，还找不着一个句号。这必是学生腔。好的文章一句是一句，所以全篇尽管共有几百字，却能解决问题。不能解决问题，越长越糟，白耽误了读者的许多时间。人都是慢慢地成长起来的。年轻，意见当然往往不成熟，不容易一写就写出解决问题的文章来。正因为如此，所以青年才该养成多思索的习惯。不管思索的结果如何，思索总比不思索强得多。养成这个好习惯，不管思想水平如何，总会写出清清楚楚、有条有理的文字来。这很重要。赶到年岁大了些，生活经验多起来，思想水平也提高了，便能叫文字既清楚又深刻。反之，不及早抛弃学生腔，或者就会叫我们积重难返，总甩不掉它，吃亏不小。思路清楚，说得明白，须经过长时间的锻炼，勤学苦练是必不可少的。

说到此为止，不一定都对。

（原载 1962 年《鸭绿江》第 10 期）

文　病

　　有些人本来很会说话，而且认识不少的字，可是一拿起笔来写点什么就感到困难，好大半天写不出一个字。这是怎么一回事呢？这里面大概有许多原因，而且人各不同，不能一概而论。现在，我只提一个比较普遍的原因。这个原因是与文风有关系的。

　　近年来，似乎有那么一股文风：不痛痛快快地有什么说什么，该怎说就怎说，而力求语法别扭，语言生硬，说了许许多多，可是使人莫名其妙。久而久之，成了一种风气，以为只有这些似通不通、难念难懂的东西才是文章正宗。这可就害了不少人。有不少人受了传染，一拿起笔来就把现成的语言与通用的语法全放在一边，而苦心焦思地去找不现成的怪字，"创造"非驴非马的语法，以便写出废话大全。这样，写文章就非常困难了。本来嘛，有现成的字不用，而钻天觅缝去找不现成的，有通用的语法不用，而费尽心机去"创造"，怎能不困难呢？于是，大家一拿笔就害起怕来，哎呀，怎么办呢？怎么能够写得高深莫测，使人不懂呢？有的人因为害怕就不敢拿笔，有的人硬着头皮死干，可是写完了连自己也看不懂了。大家相对叹气，齐说文章不好写呀。这种文风就这么束缚住了写作能力。

我说的是实话，并不太夸张。我看见过一些文稿。在这些文稿中，躲开现成的字与通用的语法，而去硬造怪字怪句，是相当普遍的现象。可见这种文风已经成为文病。此病不除，写作能力即不易得到解放。所以，改变文风是今天的一件要事。

写文章和日常说话确是有个距离，因为文章须比日常说话更明确、简练、生动。所以写文章必须动脑筋。可是，这样动脑筋是为给日常语言加工，而不是要和日常语言脱节。跟日常语言脱了节，文章就慢慢变成天书，不好懂了。比如说，大家都说"消灭"，而我偏说"消没"，便是脱离群众，自讨无趣。一个写作者的本领是在于把现成的"消灭"用得恰当、正确，而不在于硬造一个"消没"。硬造词，别人不懂。我们说"消灭四害"就恰当。我们若说"晓雾消灭了"就不恰当，因为我们通常都说"雾散了"，不说"消灭了"——事实上，我们今天还没有消灭雾的办法。今天的雾散了，明天保不住还下雾。

对语法也是如此。我们虽用的是通用的语法，可是因动过脑筋，所以说得非常生动有力，这就是本领。假若不这么看问题，而想别开生面，硬造奇句，是会出毛病的。请看这一句吧："一瓢水泼出你山沟"。这说的是什么呢？我问过好几个朋友，大家都不懂。这一句的确出奇，突破了语法的成规。可是谁也不懂，怎么办呢？要是看不懂的就是好文章，那么要文章干吗呢？我们应当鄙视看不懂的文章，因为它不能为人民服务。"把一瓢水泼在山沟里"，或是"你把山沟里的水泼出一瓢来"，都像话，大家都说得出，认识些字的也都写得出。就这么写吧，这是我们的话，很清楚，人人懂，有什么不好呢？实话实说是个好办法。虽然头一两次也许说得不太好，可是一次生，两次熟，只要知道写文章原来不必绕出十万八千里去找怪物，就会有了胆子。然后，继续努力练习，由说明白话进一步说生动而深刻的话，就摸到门儿了。即使始终不能写精彩了，可是明白话就有用处，就不丢人。反之，我们若是每逢一拿笔，就装腔作势，高叫一声：现成的话，都闪开，我要出奇制胜，做文章啦。恐怕就会写出"一瓢水泼出你山沟"了！这一句实在不易写出，因为糊涂得出奇。别人一看，也就惊心：可了不得，得用多少工夫，才会写出这么"奇妙"的句子啊！大家都胆小起来，不敢轻易动笔，怕写出来的不这么"高深"啊。这都不对！我们说话，是为叫别人明白我们的意思。我们写文章，是为叫别人更好地明白我们的意思。话必须说明白，文章必须写得更明白。这么认清问题，我们就不害怕了，就敢

133

拿笔了；有什么说什么，有多少说多少，不装腔作势，不乌烟瘴气。这么一来，我们就不会再把做文章看成神秘的事，而一种健康爽朗的新文风也就会慢慢地建树起来。

（原载 1958 年 6 月 1 日《作品》6 月号）

文章别怕改

文章别怕改。改亦有道：谨据个人经验，说点不一定是窍门的窍门儿。

改有大小，先说小改。写成一篇或一段须检查有无不必要的"然而""所以"等等，设法删减。这种词儿用得太多，文笔即缺乏简劲，宜加控制。

往往因一字一词欠妥，屡屡改动，总难满意，感到苦闷。对此，应勿老在一两个字上打转转，改改句子吧。改句子，可能躲过那一两个字去。故曰：字改不好，试去改句。同样地，句改不好，则试改那一段。此法用于韵文，更为有利。写韵文，往往因押韵困难，而把"光荣"改为"荣光"，或"雄壮"改为"壮雄"，甚至用"把话云""马走战"来敷衍。其实，改一改全句，颇可以避免此病。

泛泛的形容使文章无力，不如不用。文字有色彩，不仗着多用一些人云亦云的形容，那反叫人家看出作者的想象贫乏。要形容就应力求出色，否则宁可不形容，反觉朴实。

有时候，字句都没有大毛病，而读起来不够味儿。应把全文细读一遍，找出原因。文章正如一件衣服，非处处合适，不能显出风格。一篇文章有个情调，若用字造句不能尽与此情调一致，即难美好。一篇说理的文章，须简洁明确，一篇抒情的文章，须秀丽委婉。我们须朝着文章情调去选字造句，从头至尾韵味一致，不能忽此忽彼。尽管有很好的句子，可若与全篇情调不谐，也须狠心割爱，毫不敷衍。是呀，假若在咱们的蓝布制服上，绣上两朵大花，恐怕适足招笑，不如不绣。

再言大改。则通篇写完，须看看可否由三千字缩减到二千字左右。若可能，即当重新另写一遍，务去枝冗，以期精练。若只东改一字，西删一句，无此效也。初稿写得长，不算毛病，但别舍不得删改。

还须看看文体合适与否。本是一篇短文，但乏亲切之感，若改用书札体，效果也许更好，即应另写。再往大些说：有的人写了几部剧本，都不出色。后来，改写小说，倒成功了。同一题材，颇可试用不同的文体去试试。个人的长处往往由勤学苦练，多方面试验，才能发现，不要一棵树吊死人。

（原载 1961 年《上海文学》7 月号）

我的"话"

　　二十岁以前，我说纯粹的北平话。二十岁以后，糊口四方，虽然并不很热心去学各地的方言，可是自己的言语渐渐有了变动：一来是久离北平，忘记了许多北平人特有的语调词汇；二来是听到别处的语言，感觉到北平话，特别是在腔调上，有些太飘浮的地方，就故意地去避免。于是，一来二去，我的话就变成一种稍稍忘记过、矫正过的北平话了。大体上说，我说的是北平话，而且相当地喜爱它。

　　三十岁左右的五年中，住在英国。因为岁数稍大和没有学习语文的天才，所以并没能把英语学习好。有一个时期，还学习了一点拉丁文和法文，也因脑子太笨而没有任何成绩。不过，我总算与外国语言接触过了。在上一段中，我说明了怎样因与国内的方言接触，而稍稍改变了自己的北平话；在这里，就是与外国语接触之后，我便拿北平话——因为我只会讲北平话——去代表中国话，而与外国话比较了。

　　最初，因英语中词汇的丰富、文法的复杂，我感到华语的枯窘简陋。在偶尔练习一点翻译的时候，特别使我痛苦：找不着适当的字啊！把完好的句子都拆毁了啊！我鄙视我的北平话了！

后来，稍稍学了一点拉丁文及法文，我就更爱英文，也就翻回头来更爱华语了，因为以英文和拉丁文或法文比较，才知道英文的简单正是语言的进步，而不是退化；那么以华语和英语比较，华语的惊人的简单，也正是它的极大的进步。

及至我读了些英文文艺名著之后，我更明白了文艺风格的劲美，正是仗着简单自然的文字来支持，而不必要花枝招展，华丽辉煌。英文《圣经》，与狄福①、斯威夫特等名家的作品，都是用了最简劲自然的，也是最好的文字。

这时候，正是我开始学习写小说的时候；所以，我一下手便拿出我自幼用惯了的北平话。在第一、二本小说中，我还有时候舍不得那文雅的华贵的词汇；在文法上，有时候也不由得写出一二略为欧化的句子来。及至我读了《爱丽丝漫游奇境记》等作品之后，我才明白了用儿童的语言，只要运用得好，也可以成为文艺佳作。我还听说，有人曾用"基本英文"改写文艺杰作，虽然用字极少，但也还能保持住不少的文艺性；这使我有了更大的胆量，去脱了华艳的衣衫，而

① 现通译为笛福（1660—1731），英国小说家。

露出文字的裸体美来。在当代的名著中，英国写家们时常利用方言；按照正规的英文法程来判断这些方言，它们的文法是不对的，可是这些语言放在文艺作品中，自有它们的不可忽视的力量，绝对不是任何其他语言可以代替的。是的，它们的确与正规文法不合，可是它们原本有自己的文法啊！你要用它，就得承认它的独立与自由，因为它自有它自己的生命。假若你只采取它一两个现成的字，而不肯用它的文法，你就只能得到它的一点小零碎来作装饰，而得不到它的全部生命的力量。因此，我自己的笔也逐渐地、日深一日地，去沾那活的、自然的、北平话的血汁，不想借用别人的文法来装饰自己了。我不知道这合理与否，我只觉得这个做法给我不少的欣喜，使我领略到一点创作的乐趣。看，这是我自己的想象，也是我自己的语言哪！

避免欧化的句子是不容易的。我们自己的文法是那么简单，简直没有法子把一句含意复杂的话说得圆满呀！可是，我还是设法去避免，我会把一长句拆开来说，还叫它好听、明白、生动。把含意复杂的一个长句拆开来说，恐怕就不能完全传达那个长句所要表现的意思了，句子的形式既变，意思恐怕也就或多或少总有些变动；即使能够不多不少地恰切原意，那句子形式的变动也会使情调语气随着改变。于此，欧化的语句有时候是必不能舍弃的，特别是在说理的文章里。不过，我自己不大写说理的文章，我所写的大多数是诗歌小说之类的东西。这类的东西需要写得美好，简劲，有感动力。那么，语言之美是独特的，无法借用，有不得不在自己的语言中探索其美点者。谈到简劲，中国言语恰恰天然地不会把句子拉长；强使之长，一句中有若干"底"、"地"与"的"，或许能于一句中表达纡回复杂的意念，有如上述；但在文艺作品中这必然地会使气势衰沉，而且只能看而不能读，给诗歌与戏剧中的对话一个致命伤。在一个哲学家口中，他也许只求他的话能使人作深思，而不管它是多么别扭、生硬、冗长，文艺家便不敢这么冒险，因为他虽然也愿使人深思细想，可是他必定是用从心眼中发出来的最有力、最扼要、最动人的言语，使人咂摸着人情世态，含泪或微笑着去作深思。他要先感动人。这从心眼中掏出来的言语，必是极简单、极自然、极通俗的。媳妇哭婆婆，或许用点儿修辞；当她哭自己的儿女的时候，她只叫一两声"我的肉"，而昏倒了！文字的感动力是来自在某个场合中必然地说某种话——这个话是最普遍常用的，绝难借用外国文法的。一个哲学家与一个工友，在他痛苦的时节，是同样地只会叫"妈"的。

　　我明白了上述的一点道理——对不对，我可不敢说——我就决定放弃了翻译工作。这工作是极要紧的，但是它使我太痛苦——顾了自己，便损害了别人；顾及别人，便失落了自己。

言语的不同没法使彼此尽欢而散。同时，我写作小说也就更求与口语相合，把修辞看成怎样能从最通俗的浅近的词汇去描写，而不是找些漂亮文雅的字来漆饰。用字如此，句子也力求自然，在自然中求其悦耳生动。我愿在纸上写的和从口中说的差不多。到了这个地步，有时候我颇后悔我曾经矫正过自己的北平话了：有许多好的词汇、好的句法，因为怕别人不懂而不用，乃至渐渐地忘记了。是的，中国话确是太简单了，词与字真是太不够用了。把文言与白话掺合起来用，或者还能勉强应付，可是我立志要写白话，不借助于文言，岂不是自找苦吃？况且，我又忘了许多北平话呢！

我要恢复我的北平话。它怎样说，我便怎样写。怕别人不懂吗？加注解呀。无论怎说，地方语言运用得好，总比勉强地用四不像的、毫无精力的普通官话强得多。至于借用外国文法，我不反对别人去试验，我自己可是还无暇及此，因为我还没能把自己的语言运用得很好哇！先把握住自己的话，而后再添加外来的材料，也许更牢靠一些。

近来有件伤心的事：我练习着写诗，把自己憋得半死！我知道，诗是语言的结晶。我写的是白话诗，自然须是白话的结晶。可是，这晶结不成。知道的白话是那么少啊！而且所知道的那一些，又运用得那么拙笨啊！我还是不敢多向外国语求救，可是文言不住地对我招手。我本想置之不理，给它个冷肩膀吃。但是，没了米，也只好吃面粉了，还能饿着吗？唉，对白话我有点不忠之罪！是白话不够用吗？是白话不配上诗的园里去吗？都不是！是自己无才，而且有点偷懒啊！我以为，从诗的言语上说，假若"刁骚""歧路""原野""涟漪"等无聊的词汇不被铲除了去，白话诗或者老是一片草地，而排列着许多坟头儿，永远成不了美丽的林园。

不过，近来也有桩可喜的事：我在练习写话剧。话剧太难写了，我当然不会一蹴而成功。但是，且不管剧中旁的一切，单就对话来说，实在使我快活。我没有统计过，在一出三幕或四幕剧中，用过多少个字。我可是直觉地感到，我用字很少，因为在写剧的时节，我可以充分地去想象：某个人在某时某地须说什么话，而这些话必定要立竿见影地发生某种效果；用不着转文，也用不着多加修饰，言语是心之声，发出心声，则一呼一嗽都能感人。在这里，我留神语言的自然流露，远过于文法的完整；留神音调的美妙，远过于修辞的选择。剧中人口里的一个"哪"或"吗"，安排得当，比完整而无力的一大句话，要收更多的效果。在这里，才真真的不是作文，而是讲话。话语的本来的文法，在此万不能移动；话语的音节腔调之美，在此须充分地发扬。剧中人所讲的是生命与生活中的话语，不是在背诵文章。

我没有学习语言的天才，故对语言的比较也就没有任何研究。我也没研究过文法，而只知道自己口中所说的话自有文法，很难改创。对语文既无所知，可是还要谈论到它们，不过是本着自己学习写作的经验说说实话而已，说不定就是一片胡言啊！

（原载 1941 年 6 月 16 日《文艺月刊》6 月号）

对话浅论

　　怎样写好电影剧本的对话，我回答不出，我没有写过电影剧本。仅就习写话剧的一点经验和看电影的体会，来谈谈这个问题，供参考而已。

　　在写话剧对话的时候，我总期望能够实现"话到人到"。这就是说，我要求自己始终把眼睛盯在人物的性格与生活上，以期开口就响，闻其声知其人，三言五语就勾出一个人物形象的轮廓来。随着剧情的发展，对话若能始终紧紧拴在人物的性格与生活上，人物的塑造便有了成功的希望。这样，对话本身似乎也有了性格，既可避免"一道汤"的毛病，也不至于有事无人。张三的话不能移植到李四的口中来，他们各有个性，他们的话也各具特点。因此，对于我所熟识的人物，我的对话就写得好一些。对于我不大了解的人物，对话就写得很差。难处不在大家都说什么，而在于他们都怎么说。摸不到人物性格与生活的底，对话也就没有底，说什么也难得精彩。想啊，想啊，日夜在想张三和李四究竟是何等人物。一旦他们都像是我的老朋友了，他们就会说自己的话，张口就对，"话到人到"。反之，话到而人不到，对话就会软弱无力。若是始终想不好，人物总是似有若无，摇摇摆摆，那就应该再去深入生活。

一旦人物性格确定了，我们就比较容易想出他们的语声、腔调和习惯用哪些语汇了。于是，我们就可以出着声儿去写对话。是，我总是一面出着声儿，念念有词，一面落笔。比如说，我设想张三是个心眼爽直的胖子，我即假拟着他的宽嗓门，放炮似的说直话。同样地，我设想李四是个尖嗓门的瘦子，专爱说刻薄话，挖苦人，我就提高了调门儿，细声细气地绕着弯子找厉害话说。这一胖一瘦若是争辩起来，胖子便越来越起急，话也就越短而有力。瘦子呢，调门儿大概会越来越高，话也越来越尖酸。说来说去，胖子是面红耳赤，呼呼地喘气，而瘦子则脸上发白，话里添加了冷笑……。是的，我的对话并不比别人写的高明，可是我的确是这么出着声儿写的，期望把话写活了。写完，我还要朗读许多遍，进行修改。修改的时候，我是一人班，独自分扮许多人物，手舞足蹈，忽男忽女。我知道，对话是要放在舞台上去说的，不能专凭写在纸上便算完成了任务。剧作者给演员们预备下较好的对话，演员们才能更好地去发挥对话中的含蕴。

我并不想在这里推销我的办法。创作方法，各有不同。我只想说明我的办法对我有好处，所以愿意再多说几句：因为我动笔的时候，口中念念有词，所以我连一个虚字，"了""啊""吗"等等，都不轻易放过。我的耳朵监督着我的口。

耳朵通不过的，我就得修改。话剧不是为叫大家听的吗？

还有，这个办法可以叫我节省许多话语。一个"呕！"或一个"啊？"有时候可以代替一两句话。同样，一句有力的话，可以代替好几句话。口与耳帮助了我的脑子实行语言节约。

对于我不大熟识的人物，我没法子扮演他。我就只好用辞藻去敷衍，掩饰自己的空虚。这样写出的对话，一念就使我脸红！不由人物性格与生活出发，而专凭辞藻支持门面，必定成为"八股对话"。离开人物而孤立地去找对话，很少有成功的希望！

我的办法并没有使我成为了不起的语言运用的艺术家。不过，它却使我明白了语言必须全面地去运用。剧作者有责任去挖掘语言的全部奥秘，不但在思想性上要有"语不惊人死不休"的雄心，而且在语言之美上也不甘居诗人之下。在古代，中外的剧作者都讲究写诗剧。不管他们的创作成就如何，他们在语言上可的确下了极大的功夫。他们写的是戏剧，也是诗篇。诗剧的时代已成过去，今天我们是用白话散文写戏。但是，我们不该因此而草草了了，不去精益求精。

所谓全面运用语言者，就是说在用语言表达思想感情的时候，不忘了语言的简练、明确、生动，也不忘了语言的节奏、声音等等方面。这并非说，我们的对话每句都该是诗，而是说在写对话的时候，应该像作诗那么认真，那么苦心经营。比如说，一句话里有很高的思想或很深的感情，而说得很笨，既无节奏，又无声音之美，它就不能算作精美的戏剧语言。观众要求我们的话既有思想感情，又铿锵悦耳，既有深刻的含义，又有音乐性，既受到启发，又得到艺术的享受。剧作者不该只满足于把情节交代清楚了。假若是那样，大家看看说明书也就够了，何必一幕一幕地看戏呢？

我丝毫没有轻视思想性，而专重语言的意思。我是说，把语言写好也是剧作者的责任之一，因为他是语言运用的艺术家。明乎此，我们才好说下去，不致发生误会。

好吧，让我们说得更具体些吧：在汉语中，字分平仄。调动平仄，在我们的诗词形式发展上起过不小的作用。我们今天既用散文写戏，自然就容易忽略了这一端，只顾写话，而忘了注意声调之美。其实，即使是散文，平仄的排列也还该考究。"张三李四"好听，"张三王八"就不好听。前者是二平二仄，有起有落；后者是四字（按京音读）皆平，缺乏扬抑。四个字尚且如此，那么连说几句就更该好好安排一下了。"张三去了，李四也去了，老王也去了，会开成了"，这样一顺边的句子大概不如"张三、李四、老王都去参加，会开成了"，简单好听。前者有一顺边的四个"了"，后者"加"是平声，"了"是仄

147

声，扬抑有致。

一注意到字音的安排，也就必然涉及字眼儿的选择。字虽同义，而音声不同，我们就须选用那个音义俱美的。对话是用在舞台上的，必须义既正确，音又好听。"警惕""留神""小心"等的意思不完全相同，而颇接近，我们须就全句的意思和全句字音的安排，选择一个最合适的。这样，也会叫用字多些变化；重复使用同一字眼儿会使听众感到语言贫乏。不朗读自己的对话，往往不易发现这个毛病。

书面上美好的字，不一定在口中也美好。我们必须为演员设想。"老李，说说，切莫冗长！"大概不如说"老李，说说，简单点！"后者现成，容易说，容易懂，虽然"冗长"是书面上常用的字。

有些人，包括演员，往往把一句话的最后部分念得不够响亮。声音一塌，台下便听不清楚。戏曲与曲艺有个好办法，把下句的尾巴安上平声字，如"打虎亲兄弟，上阵父子兵"，如"人逢喜事精神爽，月到中秋分外光"等等。句尾用平声字，如上面的"兵"与"光"，演员就必会念响，不易塌下去。因此，有时候，在句尾用"心细"就不如"细心"，"主意"不如"主张"。

当然，我们没法子给每句句尾都安上平声字，而且也不该那样；每句都翘起尾巴，便失去句与句之间平仄互相呼应的好处——如"今天你去，明天他来"，或"你叫他来，不如自己去"，"来"与"去"在尾句平仄互相呼应，相当好听。这就告诉了我们，把句子造短些，留下"气口"，是个好办法。只要留好了气口儿，即使句子稍长，演员也不致把句尾念塌了。以"心齐，不怕人少；心不齐，人越多越乱"这句说吧，共有十四个字，不算很短。可是，其中有三个气口儿，演员只要量准了这些气口儿，就能念得节奏分明，十分悦耳。尽管"少"与"乱"都是仄声，却也不会念塌了。反之，句子既长，又没有气口儿，势必念到下半句就垮下去。

以上所言，不过是为说明我们应当如何从语言的各方面去考虑与调动，以期情文并茂，音义兼美。这些办法并不是什么条规。

假若这些办法可以适用于话剧的对话，大概用于电影的对话里也无所不可吧？我觉得话剧的对话既须简练，那么电影对话就更应如此。有声电影里有歌唱，有音乐，还有许多别的声响，若是对话冗长，没结没完，就会把琴声笛韵什么的给挤掉，未免可惜。话剧的布景与服装等无论如何出色，究竟是比较固定的，有限的。在电影里，一会儿春云含笑，嫩柳轻舞；一会儿又如花霜叶，秋色多娇；千变万化，汇为诗篇。那么，话剧的对话应当美妙，电影中不就更该这样吗？在这图画、乐章、诗歌、戏剧交织成的作品里，对话若是糟糕啊，实在大煞风景！我们有责任用最简练精美的对话配合上去，使整部片子处处诗情画意，无懈可击！

从我看到的一些影片来说，它们的对话似乎还须更考究一些。有的片子里，正是那句简单而具有关键性的句子恰好使我听不明白。原因何在呢？我想这不应完全归罪于演员。句子原来就没写好，恐怕也是失败的原因。在纸面上，那一句也许很不错，可是字音的安排很欠妥当，像绕口令似的那么难说，谁也说不好！台词须出着声儿写，也许有点道理。

更多遇到的是：本来三言两语就够了，可是说上没完，令人扫兴。本来可以用一两个字就能解决问题的，却偏要多说。还有呢，对话既长，句子又没板没眼，气口儿不匀，于是后半句就叫演员"嚼"了，使人气闷。我们要全面地运用语言，因而须多方面去学习。比如说，在通俗韵文里，分上下句。我们的对话虽用散文，也可以运用此法。上下句的句尾若能平仄相应，上句的末字就能把下句"叫"出来，使人听着舒服、自然、生动。在适当的地方，我们甚至可以运用四六文的写法，用点排偶，使较长的对话挺脱有力。比如说，在散文对话之中插上"你是心广体胖，我是马瘦毛长"之类的白话对仗，必能减少冗长无力之弊。为写好对话，我们须向许多文体学习，取其精华，善为运用。旧体诗词、四六文、通俗韵文、戏曲，都有值得学习之处。这可不是照抄，而是运用。

是，是要善为运用！有一次，我听到电影中的一句歇后语。听过了半天，我才明白原来是一句逗笑的歇后语，要笑也来不及了。为什么这样呢？原来是作者选用了一句最绕嘴的歇后语，难怪演员说不利落，失去效果。这就是作者不从多方面考虑，而一心一意只想用上这么一句。结果，失败了！不要孤立地去断定哪句话是非用不可的！要"统筹全局"，从多方面考虑。

总之，对话在电影中，不但要起交代情节的作用，而且要负起塑造人物的责任，"话到人到"。在语言上，必须全面运用，不但使观众听得明白，而且得到语言艺术的享受，从而热爱我们的语言。写对话的时候，我们有责任为演员与观众设想。在全面运用上，我只提到字音等问题，也没有讲透彻，至于如何使语言简练、用字如何现成等等，就不多说了。再声明一下，我的办法不是条规，仅供参考而已。

（原载 1961 年 2 月 15 日《电影艺术》第 1 期）

谈幽默

"幽默"这个词在字典上有十来个不同的定义。还是把字典放下，让咱们随便谈吧。据我看，它首要的是一种心态。我们知道，有许多人是神经过敏的，每每以过度的感情看事，而不肯容人。这样人假若是文艺作家，他的作品中必含着强烈的刺激性，或牢骚，或伤感；他老看别人不顺眼，而愿使大家都随着他自己走，或是对自己的遭遇不满，而伤感地自怜。反之，幽默的人便不这样，他既不呼号叫骂，看别人都不是东西，也不顾影自怜，看自己如一活宝贝。他是由事事中看出可笑之点，而技巧地写出来。他自己看出人间的缺欠，也愿使别人看到。不但仅是看到，他还承认人类的缺欠；于是人人有可笑之处，他自己也非例外。再往大处一想，人寿百年，而企图无限，根本矛盾可笑。于是笑里带着同情，而幽默乃通于深奥。所以 Thackeray（萨克莱）^①说："幽默的写家

① 现通译为萨克雷（1811—1863），英国作家。

是要唤醒与指导你的爱心、怜悯、善意——你的恨恶不实在、假装、作伪——你的同情与弱者、穷者、被压迫者、不快乐者。"Walpole（沃波尔）[1]说："幽默者'看'事，悲剧家'觉'之。"这句话更能补证上面的一段。我们细心"看"事物，总可以发现些缺欠可笑之处；乃至钉着坑儿去咂摸，便要悲观了。

我们应再进一步地问：除了上面这点说明，能不能再清楚一些地认识幽默呢？好吧，我们先拿出几个与它相近，而且往往与它相关的几个词，与它比一比，或者可以稍微使我们清楚一点。反语（irony）、讽刺（satire）、机智（wit）、滑稽剧（farce）、奇趣（whimsicality），这几个词都和幽默有相当的关系。我们先说那个最难讲的——奇趣。这个词在应用上是很松泛的，无论什么样子的打趣与奇想都可以用这个词来表示。《西游记》的奇事，《镜花缘》中的冒险，《庄子》的寓言，都可以叫作奇趣。可是，在分析文艺品类的时候，往往把奇趣与幽默放在一处，如《现代小说的研究》的著者 Marble（马布尔）便把 whimsicality and humour（奇趣和幽默）作为一类。这大概是因为奇趣的范围很广，为方便起见，就把幽默也加了进去。一般地说，幻想的作品——即使是别有目的——不能

---

① 沃波尔（1717—1797），英国作家。

不利用幽默，以便使文字生动有趣；所以这二者——奇趣与幽默——就往往成了一家人。这个，简直不但不能帮忙我们看明何为幽默，反倒使我更糊涂了。不过，有一点可是很清楚，就是文字要生动有趣，必须利用幽默。在这里，我们没弄清幽默是什么，可是明白幽默很重要的一个效用。假若干燥、晦涩、无趣，是文艺的致命伤，幽默便有了很大的重要性。这就是它之所以成为文艺的因素之一的缘故吧。

至于反语，便和幽默有些不同了，虽然它俩还是可以联合在一处的东西。反语是暗示出一种冲突。这就是说，一句中有两个相反的意思，所要说的真意却不在话内，而是暗示出来的。《史记》上载着这么回事：秦始皇要修个大园子，优游对他说："好哇，多多搜集飞禽走兽，等敌人从东方来的时候，就叫麋鹿去挡一阵，满好！"这个话，在表面上，是顺着秦始皇的意思说的。可是咱们和始皇都能听出其中的真意；不管咱们怎样吧，反正始皇就没再提造园的事。优游的话便是反语。它比幽默要轻妙冷静一些。它也能引起我们的笑，可是得明白了它的真意以后才能笑。它在文艺中，特别是小品文中，是风格轻妙、引人微笑的助成者。据会古希腊语的说，这个词原意便是"说"，以别于"意"。因此，这个词还有个较实在的用处——在文艺中描写人生的矛盾与冲突，直以此词的含意用之人生上，而不止在文字上声东击西。在悲剧中或小说中，聪明

154

的人每每落在自己的陷阱里，聪明反被聪明误；这个和与此相类的矛盾，普遍被称为 Sophoclean irony（索福克里斯[1]的反语）。不过，这与幽默是没什么关系的。

现在说讽刺。讽刺必须幽默，但它比幽默厉害。它必须用极锐利的口吻说出来，给人一种极强烈的冷嘲；它不使我们痛快地笑，而是使我们淡淡地一笑，笑完因反省而面红过耳。讽刺家故意地使我们不同情于他所描写的人或事。在它的领域里，反语的应用似乎较多于幽默，因为反语也是冷静的。讽刺家的心态好似是看透了这个世界，而去极巧妙地攻击人类的短处，如《海外轩渠录》，如《镜花缘》中的一部分，都是这种心态的表现。幽默者的心是热的，讽刺家的心是冷的；因此，讽刺多是破坏的。马克·吐温（Mark Twain）可以被人形容作："粗壮，心宽，有天赋的用字之才，使我们一齐发笑。他以草原的野火与西方的泥土建设起他的真实的罗曼司，指示给我们，在一切重要之点上我们都是一样的。"这是个幽默者。让咱们来看看讽刺家是什么样子吧。好，看看 Swift（斯威夫特）这个家伙，当他赞美自己的作品时，他这么说："好上帝。我写那本书的时候，我是何等的一个天才呀！"在他廿六岁的时候，他希望他的诗能够"每一行会刺，会炸，像短刃

---

① 索福克里斯（公元前496—前405），古希腊剧作家，古希腊三大悲剧诗人之一。

与火"。是的，幽默与讽刺，二者常常在一块儿露面，不易分划开；可是，幽默者与讽刺家的心态，大体上是有很清楚的区别的。幽默者有个热心肠儿，讽刺家则时常由婉刺而进为笑骂与嘲弄。在文艺的形式上也可以看出二者的区别来：作品可以整个的叫作讽刺，一出戏或一部小说都可以在书名下注明 asatire；幽默不能这样，"幽默的"至多不过是形容作品的可笑，并不足以说明内容的含意如何。"一个讽刺"——asatire——则分明是有计划地、整本大套地讥讽或嘲骂。一本讽刺的戏剧或小说，必有个道德的目的，以笑来矫正或诛伐。幽默的作品也能有道德的目的，但不必一定如此。讽刺因道德目的而必须毒辣不留情，幽默则宽泛一些，也就宽厚一些，它可以讽刺，也可以不讽刺，一高兴还可以什么也不为而只求和大家笑一场。

机智是什么呢？它是用极聪明的、极锐利的言语，来道出像格言似的东西，使人读了心跳。中国的老子、庄子都有这种聪明。讽刺已经很厉害了，可到底要设法从旁面攻击；至于机智则是劈面一刀，登时见血。"圣人不死，大盗不止！"这才够味儿。不论这个道理如何，它的说法的锐敏就够使人跳起来的了。有机智的人大概是看出一条真理，便毫不含糊地写出来；幽默的人是看出可笑的事而技巧地写出来。前者纯用理智，后者则赖想象来帮忙。Chesterton（切斯特顿）[①]说："在事物中看出一贯的，是有机智的。在事物中看出不一贯的，是个幽默者。"这样，机智的应用，自然在讽刺中比在幽默中多，因为幽默者的心态较为温厚，而讽刺与机智则要显出个人思想的优越。

滑稽戏——farce——在中国的老话儿里应叫作"闹戏"，如《瞎子逛灯》之类。这种东西没有多少意思，不过是充分地作出可笑的局面，引人发笑。在影戏的短片中，什么把一套碟子都摔在头上，什么把汽车开进墙里去，就是这种东西。这是幽默发了疯；它抓住幽默的一点原理与技巧而充分地去发展，不管别的，只管逗笑。假若机智是感诉理智的，闹戏则仗着身体的摔打乱闹。喜剧批评生命，闹戏是故意招笑。假若幽默也可以分等的话，这是最下级的幽默。因为它要摔打乱闹的行动，所以在舞台上较易表现；在小说与诗中几乎没有什么地位。不过，在近代幽默短篇小说里往往只为逗笑，而忽略了——或根本缺乏——那"笑的哲人"的态度。这种作品使我们笑得肚痛，但是除了对读者的身体也许有点益处——笑为化食糖呀——而外，恐怕任什么也没有了。

有上面这一点粗略的分析，我们现在或者清楚一些了：反

---

① 切斯特顿（1874—1936），英国小说家、诗人。

语是似是而非，借此说彼；幽默有时候也有弦外之音，但不必老这个样子。讽刺是文艺的一格，诗、戏剧、小说，都可以整篇的被呼为 asatire；幽默在态度上没有讽刺这样厉害，在文体上也不这样严整。机智是将世事人心放在 X 光线下照透，幽默则不带这种超越的态度，而似乎把人都看成兄弟，大家都有短处。闹戏是幽默的一种，但不甚高明。

……

从性质上说，机智与讽刺不易分开，讽刺也有时候要利用闹戏；至于幽默，就更难独立。从一篇文章上说，一篇幽默的文字也许利用各种方法，很难纯粹。我们简直可以把这些都包括在幽默之内，而把它们看成各种手法与情调。我们这样分析它们，与其说是为从形式上分别得清楚，还不如说是为表明幽默——大概地说——有它特具的心态。

所谓幽默的心态就是一视同仁的好笑的心态。有这种心态的人虽不必是个艺术家，但他还是能在行为上、言语上、思想上表现出这个幽默态度。这种态度是人生里很可宝贵的，因为它表现着心怀宽大。一个会笑，而且能笑自己的人，绝不会为件小事而急躁怀恨。往小了说，他决不会因为自己的孩子挨了邻儿一拳，而去打邻儿的爸爸。往大了说，他决不会因为战胜政敌而去请清兵。褊狭、自是，是"四海兄弟"这个理想的大障碍；幽默专治此病。嬉皮笑脸并非幽默；和颜悦色，心宽气朗，才是幽默。一个幽默写家对于世事，如入异国观光，事事有趣。

　　他指出世人的愚笨可怜，也指出那可爱的小古怪地点。世上最伟大的人，最有理想的人，也许正是最愚而可笑的人，吉珂德① 先生即一好例。幽默的写家会同情于一个满街追帽子的大胖子，也同情——因为他明白——那攻打风磨的愚人的真诚与伟大。

（原载 1936 年 8 月 16 日《宇宙风》第 23 期，

略有删节）

---

　　①　现通译为堂吉诃德，西班牙作家塞万提斯的小说《堂吉诃德》中的主人公。

散文重要

　　我们写信，写日记、笔记、报告、评论，以及小说、话剧，都用散文。我们的刊物（除了诗歌专刊）与报纸上的文字绝大多数是散文。我们的书籍，用散文写的不知比用韵文写的要多多少倍。

　　看起来，散文实在重要。在我们的生活里，一天也离不开散文。我们都有写好散文的责任。

　　据说，"诗有别才"。这个说法正确与否，且不去管它。诗比散文难写，却是事实。散文之所以比较容易写，是因为它更接近我们口中的语言。可以说，散文是加过工的语言。我们都会讲话，而且说的是散文，不是韵文。在日常交谈的时候，我们的话语难免层次不大分明，用字未尽妥当，因为随想随说，来不及好好思索，细细推敲，也就是欠加工。那么，我们既会讲话，如果再会加工，我们就会写出较好的散文来。我想会有那么一天，我们的文化普遍提高，人人都能出口成章，把口中说的写下来，就是好散文。

是的，讲话与散文原是"一家人"。我听过好几位劳动模范的发言。他们的文化程度并不很高，发言也没有稿子。可是，他们说的有思想，有感情，语言生动，十分感人！我相信，他们若能提高文化，一定会不久就成为写散文的好手。

　　我非常爱听我们的中央广播电台每晚的全国各地联合广播。在这广播节目里，说的都是国家与国际的大事。正因为是大事，所以必须使人人能够听懂，不能"之乎者也"地背诵古文。同时，它既须字斟句酌，语语明确，还要铿锵悦耳，引人入胜。这就是说，广播的是话，可也是很好的散文。

　　有的人以为散文无可捉摸，拿起笔来先害怕。不必害怕，人人都有写散文的条件。我们说话要说得清清楚楚，明明白白，这就有了写散文的基础。我们写信、写日记，听报告时做笔记，都是练习写散文的机会。不要刚一提笔，就端起架子来说：我要写散文啦！是呀，我小时候在私塾里读书，每逢老师出题叫学生作文，我便紧张地端起架子，不管老师出什么题，我总先写上"人生于世"或"夫天地者"，倒好像"人生于世"与"夫天地者"是散文的总"头目"！后来，有人指点：你试试看，把想起的话照样写下来，然后好好从新安排一下，叫那一片话更有条理，更精致些，你就无须求救于"夫天地者"了。我这才明白，原来我心中就有散文的底子，它并不是什么天外飞来的怪物。对，我们人人有写散文的"本钱"，只看肯不肯下些功夫把它写好，用不着害怕！

与此相反，有的人的胆量又太大，以为只要写出一本五十万字的小说或两本大戏，就什么都解决了，根本用不着下功夫学习写散文。于是，他写信，写得乱七八糟；日记干脆不写，只写小说或剧本。不难推测，一封信还写不清楚，怎能够写出情文并茂的小说与剧本来呢？不把散文底子打好，什么也写不成！

有的人呢，散文还没写通顺，便去作诗。我不相信，连一封信还写不明白，而能写出诗来——诗应是语言的精华！不错，某个诗人的诗确比散文写得好；可是，自古以来，还没有一位这样的诗人：诗极精彩，而写信却糊里糊涂。我看，还是先把散文写好吧！诗写不好，只不过不能发表；信写不明白，可会耽误了事！

对，我们不要怕散文，也别轻视散文。散文比诗容易写，但也须下一番功夫，才能写好。不害怕，就敢下笔。一下笔，就发现了困难。有困难，就去克服！把散文写好，我们便有了写评论、报告、信札、小说、话剧等等的顺手的工具了。写好了散文，作诗也不会吃亏。散文很重要。

（原载 1961 年 1 月 28 日《人民日报》）

散文并不"散"

我们今天的散文多数是用白话写的。按说，这就不应当有多少困难。可是，我们差不多天天可以看到不很好的散文。这说明了散文虽然是用白话写的，但到底还有困难。现在，我愿就我自己写散文的经验，提出几点意见，也许对还没能把散文写好的人们有些帮助。

一、散文是用加过工的语言组织成篇的。我们先说为什么要用加过工的语言。散文虽然是用白话写的，可并不与我们日常说话相同。我们每天要说许多的话。假若一天里我们的每一句话都有过准备，想好了再说，恐怕到不了晚上，我们就已经疲乏不堪了。事实上，我们平常的话语多半是顺口搭音说出的，并不字字推敲，语语斟酌。假若暗中有人用录音机把我们一日之间的话语都记录下来，然后播放给我们听，我们必定会惊异自己是多么不会讲话的人。听吧：这一句只说了半句，那一句根本没说明白；这一句重复了两回，那一句用错了三个字；还有，说着说着没有了声音，原来是我们只端了端肩膀，

163

或吐了吐舌头。

想想看，要是写散文完全和咱们平常说话一个样，行吗？一定不行。写在纸上的白话必须加工细制，把我们平常说话的那些毛病去掉。我们要注意。

二、散文中的每个字都要用得适当。在我们平日说话的时候，因为没有什么准备，我们往往用错了字。写散文，应当字字都须想过，不能"大笔一挥"，随它去吧。散文中的用字必求适当。所谓适当者，就是顺着思路与语气，该俗就俗，该文就文，该土就土，该野就野。要记住：字是死的，散文是活的，都看我们怎么去选择运用。"他妈的"用在适当的地方就好，用在不适当的地方就不好，它不永远是好的。"检讨""澄清""拥护"……也都如是。字的本身没有高低好坏之分，全凭我们怎给它找个最适当的地方，使它发生最大的效用。就拿"澄清"来说吧，我看见过这么一句："太阳探出头来，雾慢慢给澄清了。""澄清"本身原无过错，可是用在这里就出了岔子。雾会由浓而薄，由聚而散，可不会澄清。我猜：写这句话的人可能是未加思索，随便抓到"澄清"就用上去，也可能是心中早就喜爱"澄清"，遇机会便非用上不可。前者是犯了马虎的毛病，后者是犯了溺爱的毛病；二者都不对。

一句中不单重要的字要斟酌，就是次要的字也要费心想一想，甚至于用一个符号也要留神。写散文是件劳苦的事，信口开河必定失败。

三、选择词与字是为造好了句子。可是，有了适当的字，未必就有好句子。一句话的本身须是一个完整的单位；同时，它必须与上下邻句发生相成相助的关系。有了这两重关系，造句的困难就不仅是精选好字所能克服的了。你看，就拿"为了便于统制，就又奴役了知识分子"这一句来说吧，它所用的字都不错啊，可不能算是好句子——它的本身不完整，不能独立地自成一单位。到底是"谁"为了便于统制，"谁"又奴役了知识分子啊？作者既没交代清楚，我们就须去猜测，散文可就变成谜语了！

句子必须完整，完整的句子才能使人明白说的是什么。句子要简单，可是因为力求简单而使它有头无尾，或有尾无头，也行不通。简而整才是好句子。

造句和插花儿似的，单独的一句虽好，可是若与邻句配合不好，还是不会美满。我们把几朵花插入瓶中，不是要摆弄半天，才能满意吗？上句不接下句是个大毛病。因此，我们不要为得到了一句好句子，便拍案叫绝，自居为才子。假若这一好句并不能和上下句做好邻居，它也许发生很坏的效果。我们写作的时候虽然是写完一句再写一句，可不妨在下笔之前，想出一整段儿来。胸有成竹必定比东一笔西一笔乱画好得多。即使这么做了，等到一段写完之后，我们还须再加工，把每句都再细看一遍，看看每句是不是都足以帮助说明这一段所要传达的思想与事实，看看在情调上是不是一致，好叫这全段有一定的气氛。不管句子怎么好，只要它在全段中不发生作用，就是废话，必须狠心删去。肯删改自己的文字的必有出息。

长句子容易出毛病。把一句长的分为两三句短的，也许是个好办法。长句即使不出毛病，也有把笔力弄弱的危险，我们须多留神。还有，句子本无须拖长，但作者不知语言之美，或醉心欧化的文法，硬把它写得长长的，好像不写长句，便不足以表现文才似的。这是个错误。一个作家必须会运用他的本国的语言，而且会从语言中创造出精美的散文来。假若我们把下边的这长句："不只是掠夺了人民的财富，一种物质上的掠夺；此外，更还掠夺了人民的精神上的食粮。"改为："不只掠夺了人民的物质财富，而且抢夺了人民的精神食粮。"一定不会教原文吃了亏。

四、一篇文字的分段不是偶然的。一段是思想的或事实的一个自然的段落，少说点就不够，多说点就累赘。一句可作一段，五十句也可作一段，句子可多可少，全看应否告一段落。写到某处，我们会觉得已经说明了一个道理或一件事实，而且下面要改说别的了，我们就在此停住，作为一段。假若我们的思路有条有理，我们必会这么适可而止地、自自然然地分段。反之，假若我们心中糊里糊涂，分段就大不容易，而拉不断扯不断。不能清楚分段的文章，必是糊涂文章。有适当的分段，文章才能清楚地有了起承转合。有适当的分段，文章才能眉目清楚，虽没有逐段加上小标题，而读者却仿佛看见了小标题似的。有适当的分段，读者才能到地方喘一口气，去消化这一段的含韫。近来，写文章的一个通病，就是到地方不愿分段，而迷迷糊糊地写下去。于是，读者就因喘不过气来，失去线索，感到烦闷，不再往下念。

写完了一段或几段，自己朗读一遍，是最有用的办法。当我们在白纸上画黑道儿的时候，我们只顾了用心选择字眼，用心造句；我们的心好像全放在了纸上。及至自己朗读刚写好的文字的时候，我们才能发现：

（1）纸上的文字只尽了述说的责任，而没顾到文字的声音之美与形象之美。字是用对了，但是也许不大好听；句子造完整了，但是也许太短或太长，念起来不顺嘴。字句的声音很悦耳了，但也许没有写出具体的形象，使读者不能立刻抓到我们所描写的东西。这些缺点是非用耳朵听过，不能发现的。

（2）今天的写作的人们大概都知道尊重口语，可是，在拿起笔来的时候，大家都不知不觉地抖露出来欧化的句法，或不必要的新名词与修辞。经过朗读，我们才能发现：欧化的句法是多么不自然；不必要的新名词与修辞是多么没有力量，不单没有帮助我们使形象突出，反倒给形象罩上了一层烟雾。经过朗读，我们必会把不必要的形容字与虚字删去许多，因而使文字挺脱结实起来。"然而""所以""徘徊""涟漪"，这类的字会因受到我们的耳朵的抗议而被删去——我们的耳朵比眼睛更不客气些。耳朵听到了我们的文字，会立刻告诉我们：这个字不现成，请再想想吧。这样，我们就会把文字逐渐改得更现成一些。文字现成，文章便显着清浅活泼，使读者感到舒服，不知不觉地受了感化。

（3）一段中的句子要有变化，不许一边倒，老用一种结构。这在写的时候，也许不大看得出来；赶到一朗读，这个缺点即被发现。比如："他是个做小生意的。他的眼睛很大。他的嘴很小。他不十分体面。"读起来便不起劲，因为句子的结构是一顺边儿，没有变化。假若我们把它们改成："他是个做小生意的。大眼睛，小嘴，他不十分体面。"便显出变化生动来了。同样地，一句之中，我们往往不经心地犯了用字重复的毛病，也能在朗读时发现，设法矫正。例如："他本是本地的人。"此语是讲得通的，可是两个"本"字究竟有点别扭，一定不如"他原是本地的人"那么好。

以上是略为说明：散文为什么要用加过工的语言和怎样加工。以下就要说，怎么去组织一篇文字了。

五、无论是写一部小说，还是一篇杂文，都须有组织。有组织的文字才能成为文艺作品。因此，无论是写一部小说，还

168

是一篇短的杂文，我们都须事先详细计划一番，作出个提纲。写了一段，临时现去想下段，是很危险的。最好是一写头一段的时候，就已经计划好末一段说什么。

有了全盘的计划，我们才晓得对题发言，不东一句西一句地瞎扯。

有了全盘的计划，我们才能决定选用什么样的语言。要写一篇会务报告，我们就用清浅明确的文字；要写一篇浪漫的小说，就用极带感情的文字。我们的文字是与文体相配备的。写信跟父母要钱，我们顶好老老实实地陈说；假若给他老人家写一些散文诗去，会减少了要到钱的希望的。

有了全盘的计划，我们才会就着这计划去想：怎样把这篇东西写得最简练而最有效果。文艺的手法贵在经济。我看见过不少这样的文章：内容、思想，都好；可是，写得太冗太多，使人读不下去。这毛病是在文章组织得不够精细。"多想少写"是个值得推荐的办法。散文并不真是"散"的。

这样，总结起来说，要把散文写好，须在字上、句上、段上、篇上，都多多加工；这也就是说，在写一篇散文的时候，我们须先在思想上加工，决定叫一字不苟，一字不冗。文章是写给大家看的。写得乱七八糟，便是自己偷了懒，而耽误了别人的工夫；那对不起人！

（原载 1951 年 3 月 15 日《北京文艺》第 2 卷第 1 期）

我的创作经验

我的创作经验

好吧，假如我要有别的可说，我一定不说这个题目。

我敬爱学问，可是学问老不自动地搬到我的脑子里来住；科学实验室，哼，没进去过。我只好说经验。不管好坏，经验是我自己的，我要不说，别人就不知道；这或者也许有点趣味。

创作的经验，这也得解释一下。创作出什么，与创作得怎样，自然是两回事。格外的自谦是用不着的，可是板着脸吹腾自己也怪难为情。我希望只说"什么"，不说"怎样"。不过万一我说走了嘴，而谈到我的创作怎样的好，请你别忘了这个——"不信也罢！"

在我幼年时候，我自己并没发现，别人也没看出，我有点作文的本事。真的，为作不好文章而挨竹板子倒是不短遇到的事。可是我不能不说我比一般的小学生多念背几篇古文，因为在学堂——那时候确是叫作学堂——下课后，我还到私塾去读《古文观止》。《诗经》我也读过，一点也不瞎吹——那时候我

173

就很穷（不知道为什么），可是私塾的先生并不要我的钱。

我的中学是师范学校。师范学校的功课虽与中学差不多，可是多少偏重教育与国文。我对几何、代数和英文好像天生有仇。别人演题或记单字的时节，我总是读古文。我也读诗，而且学着作诗，甚至于作赋。我记了不少的典故。可惜我那些诗都丢了。要是还存着的话，我一定把它们印出来！看谁不顺眼，或者谁看我不顺眼，就送谁一本，好把他气死。诗这种东西是可以使人飞起来，也可以把人气死的。除了诗文，我喜欢植物学。这并非是对这种科学有兴趣，而是因为对花草的爱好；到如今我还爱花。

我的脾气是与家境有关系的。因为穷，我很孤高，特别是在十七八岁的时候。一个孤高的人或者爱独自沉思，而每每引起悲观。自十七八到二十五岁，我是个悲观者。我不喜欢跟着大家走，大家所走的路似乎不永远高明，可是不许人说这个路不高明，我只好冷笑。赶到岁数大了一些，我觉得这冷笑也未必对，于是连自己也看不起了。这个，可以说是我的幽默态度的形成——我要笑，可并不把自己除外。

"五四"运动，我并没有在里面。那时候我已做事。那时候所出的书，我可都买来看。直到二十五岁我到南开中学去教书，才写过一篇小说，登在校刊上。这篇东西我没留着，不能告诉诸位它的内容与文笔怎样。它只有点历史的价值，我的第一篇东西——用白话写的。

二十七岁，我到英国去。设若我始终在国内，我不会成了个小说家——虽然是第一百二十等的小说家。到了英国，我就拼命地念小说，拿它作学习英文的课本。念了一些，我的手痒痒了。离开家乡自然时常想家，也自然想起过去几年的生活经验，为什么不写写呢？怎样写，一点也不知道，反正晚上有功夫，就写吧。想起什么就写什么，这便是《老张的哲学》。文字呢，还没有脱开旧文艺的拘束。这样，在故事上没有完整的设计，在文字上没有新的建树，乱七八糟便是《老张的哲学》。抓住一件有趣的事便拼命地挤它，直到讨厌了为止，是处女作的通病，《老张的哲学》便是这样的一个病鬼。现在一想到就要脸红。可是它也有个好处，而且这个好处不容易再找到。它是个初出山的老虎，什么也不懂，什么也不怕。现在稍有些经验了，反倒怕起来。它没有使人读了再读的力量，可是能给暂时的警异与刺激。我不希望再写这种东西，或者想写也写不出了。长了几岁，精力到底差了一点。

《赵子曰》是第二部，结构上稍比《老张》强了些，可是文字的讨厌与叙述的夸张还是那样。这两部书的主旨是揭发事实，实在与《黑幕大观》相去不远。其中的理论也不过是些常识，时时发出臭味！

《二马》是在英国的末一年写的。因为已读过许多小说了，所以这本书的结构与描写都长进了一些。文字上也有了进步：不再借助于文言，而想完全用白话写。它的缺点是：第一，没有写完便收束了，因为在离开英国以前必须交卷；本来是要写到二十万字的。第二，立意太浅。写它的动机是在比较中英两国国民性的不同，这至多不过是种报告，能够有趣，可很难伟大。再说呢，书中的人差不多都是中等阶级的，也嫌狭窄一点。

《小坡的生日》，在文字上，是值得得意的：我已把白话拿定了，能以最简单的言语写一切东西了。这本小说在文字上给我回国以后的作品打定了基础，我不再怕白话了；我明白了点白话的力量。这本书是在新加坡写成四分之三，在上海写完的。里面那些写实的地方，我以为，总应该删去，可是到如今也没工夫去删改。

《大明湖》是在济南写的，幸而在"一·二八"被烧掉，因为内容非常的没有意思。文字有几段很好，可是光仗着文字之美是不行的。我没有留底稿，现在也不想再写它了。《猫城记》是《大明湖》的妹妹，也没多大劲。

《离婚》比较的好点，虽然幽默，可与《老张》大不相同了；我明白了怎样控制自己。

至于短篇，不过是最近两年来的试验。我知道我写不过别人，可是没法不写；大家都向我索稿，怎能一一报之以长篇呢，我又不是个打字机。这些东西——一大部分收在《赶集》里——连一篇好的也没有。勉强着写，写完了又没工夫修改，怎能好得了！希望发笔财，可以专去写东西，不教书，不必发愁衣食住，专心去写，写，写！"穷而后工"，有此一说，我不大相信。

《牛天赐传》是今年夏天赶出来的，既然是"赶办"，当然没好货；现在还在继续地刊露，我不便骂它太厉害了，何必跟自己死过不去呢。

八九年的工夫，我只有这么点成绩。在质上，在量上，都没有什么可以自满的。从各方的批评中看，有的人说我好，有的人说我不好。我的好处——据我自己看——比坏处少，所以我很愿意看人家批评我；人家说我不好，我多少得点益处。有时候我明知自己犯了毛病，可是没工夫去修正——还是得独得五十万哪！

我写得不多，也不好，可是力气卖得不少。这几本书都是在课外写的。这就是说：教书、办事之外，我还得写作。于是，年假暑假向来不休息，已经有七年了！我不能把功课或事情放在一边而光顾自己的写作，这么办对不起人。可我也不能干脆不写。那么，只好有点工夫就写；这差不多是"玩命"。我自幼身体就不强壮，快四十了还没有胖过一回。我不能胖，一年到头不休息，怎能长肉呢？可是"瘦"似乎是个警告，一照镜子便想起：谨慎点！所以我老是早睡早起，不敢随便。每天至多写两千多字，不多写；多写便得多吃烟，我不愿使肺黑得和煤一样！几时我能有三个月不写一个字，那一定比当皇上还美！

写两千多字，不多写：这可只是大概地说，有时候三天连一个字也写不出！我不知道天下还有比这更难受的事没有。我看着纸，纸看着我，彼此不发生关系！有时候呢，很顺当，字来得很快。可是一天不能把想起来的都写下来，于是心里老想着这点事。虽然一天只准自己写两千多字，但是心并没闲着，吃饭时也想，喝茶时也想——累人！就是写完一篇的时候，心中痛快一下，可是这点痛快抵不过那些苦处。说到这里，我不想劝别人也写小说了！是的，我是卖了力气。这就应了卖艺人的话了："玩意是假的，力气是真的！"就此打住。

（原载 1934 年 12 月 15 日《刁斗》第 1 卷第 4 期）

A、B与C

粗粗地，我可以把十年来写小说的经验划成三个阶段。

（A）女子若是不先学了养小孩而后出嫁，大概写家们也很少先熟读了什么什么法程与入门而后创作。写作的动机，在我们的经验里，与其说是由于照猫画虎地把材料填入一定的格式之内，还不如说是由于材料逼着脑子把它落在白纸上。不写，心里痒痒。于是写起话来。自然是乱七八糟。这时候，材料是一切，凡是可以拉进来的全用上，越多越热闹。譬若，描写一面龙旗，便不管它在整段之中有何作用，而抱定它死啃，把龙鳞一个个地描画，直到筋疲力尽，还找补着细说一番龙尾巴。这一段谈龙的自身也许是很好的文字，怎奈它与全体无关；可是，在那时候，自己专为这一段得意。写完龙鳞，赶紧去抓凤眼，又是与谁也不相干的一大段。龙鳞凤眼都写得很好，可是连自己也忘了到底说的是什么了。想了一会儿，噢，原来正题是讲张王李的三角恋爱呀。龙凤与此全无关系。但是已经写好，怎能再改，况且那龙与凤都很够样儿呀。于是然而

179

一大转，硬把龙凤放下，而拾起三角恋爱。就是这么东补西拼，我写成了一两本小说。

（B）工夫不骗人，一两本小说写成，自然长了经验：知道了怎样管着自己了。无论怎样好的材料，不能随便拉它上来。我懂了什么叫中心思想。即使难于割舍，也得咬牙，不三不四的材料全得放在一旁。这可就难多了！清一色的材料还真不大容易往一块凑呢。这才知道写作的难处，再也不说下笔万言，倚马可待①了。在（A）阶段里，什么东西都是好的，口上总念叨着：这个事有趣，等我把它写进去。现在，什么东西都要画上个"？"了，口中念叨着：这是写小说呀，不是编一张花花绿绿的新闻纸！这时候，才稍能欣赏那平稳停匀的作品，不以乌烟瘴气为贵了。

（C）闹中心思想又过去了，现在最感困难的是怎能处处切实。有了中心思想，也有了由此而来的穿插，好了，就该动笔写吧。哼，一动笔就碰钉子，就苦恼，就要骂街，甚至于想去跳井！是呀，该用的材料都预备好了，可就是写不出。譬如说吧，题目是三角恋爱，我把三角之所以成为三角、三角人、三角地、三角吻、三角起打，以及舞场、电影院，一切的一切，都预备好了。及至一提笔，想说春天的晚上；坏了，我没预备

---

① 靠着即将出征的战马起草文件，可以立等完稿，形容文思敏捷，文章写得快。

好春天的暮色是什么样。我只要简单的两三句话，而极生动地写出这个景色，使人一看便动心，就自己也要闹恋爱去，好吧，这两三句话够想一天的，而且未必想得起来。缺乏经验呀，观察得不够呀！这个三角恋爱的故事不知道需要多少多少经验，才能句句不空；上自天文，下至跳舞，都须晓得，而且真正内行，每句是个小图画，每句都说到了家，不但到了家，而且还又碰回来，当当儿地响。单有了中心思想，单有了好的结构，才算不了一回事呢！

到了（C）这块儿，我很想把以前的作品全烧掉，从此搁笔改行，假如有人能白给我五十万块钱的话。

（原载 1937 年 2 月《文学》第 8 卷第 2 号）

人物、语言及其他

　　短篇小说很容易同通讯报道混淆。写短篇小说时，就像画画一样，要色彩鲜明，要刻画出人物形象。所谓刻画，并非指花红柳绿地作冗长的描写，而是说，要三言两语勾画出人物的性格，树立起鲜明的人物形象来。

　　一般地说，作品最容易犯的毛病是：人物太多，故事性不强。《林海雪原》之所以吸引人，就是因为故事性极强烈。当然，短篇小说不可能有许多故事情节，因此，必须选择了又选择，选出最激动人心的事件，把精华写出来。写人更要这样，作者可以虚构、想象，把很多人物事件集中写到一两个人物身上，塑造典型的人物。短篇中的人物一定要集中，集中力量写好一两个主要人物，以一当十，其他人物是围绕主人公的配角，适当描画几笔就行了。无论人物和事件都要集中，因为短篇短，容量小。

　　有些作品为什么见物不见人呢？这原因在于作者。不少作者常常有一肚子故事，他急于把这些动人的故事写出来，直到动笔的时候，才想到与事件有关的人物，于是，人物只好随着事件走，而人物形象往往模糊、不完整、不够鲜明。世界上的著名的作品大都是这样：反映了这个时代人物的面貌，不是写事件的过程，不是按事件的发展来写人，而是让事件为人物服务。还有一些名著，情节很多，读过后往往记不得，记不全，但是，人物却都被记住，所以成为名著。

我们写作时，首先要想到人物，然后再安排故事，想想让主人公代表什么，反映什么，用谁来陪衬，以便突出这个人物。这里，首先遇到的问题：是写人呢？还是写事？我觉得，应该是表现足以代表时代精神的人物，而不是为了别的。一定要根据人物的需要来安排事件，事随着人走；不要叫事件控制着人物。譬如，关于洋车夫的生活，我很熟悉，因为我小时候很穷，接触过不少车夫，知道不少车夫的故事，但那时我并没有写《骆驼祥子》的意图。有一天，一个朋友和我聊天，说有一个车夫买了三次车，丢了三次车，以致悲惨地死去。这给我不少启发，使我联想起我所见到的车夫，于是，我决定写旧社会里一个车夫的命运和遭遇，把事件打乱，根据人物发展的需要来写，写成了《骆驼祥子》。

写作时一定要多想人物，常想人物。选定一个特点去描画人物，如说话结巴，这是肤浅的表现方法，主要的是应赋予人物性格特征。先想他会干出什么来，怎么个干法，有什么样胆识，而后用突出的事件来表现人物，展示人物性格。要始终看定一两个主要人物，不要使他们写着写着走了样子。贪多，往往会叫人物走样子的。《三国演义》看上去情节很多，但事事都从人物出发。诸葛亮死了还吓了司马懿一大跳，这当然是作者有意安排上去的，目的就是为了丰富诸葛亮这个人物。《红日》中大多数人物写得好，但有些人就没有写好，这原因是人物太多了，有些人物作者不够熟悉，掌握不住。《林海雪原》里的白茹也没写得十分好，这恐怕是曲波同志对女同志还了解得不多的缘故。因此不必要的、不熟悉的就不写，不足以表现人物性格的不写。贪图表现自己知识丰富，力求故事多，那就容易坏事。

写小说和写戏一样，要善于支配人物，支配环境（写出典型环境、典型人物）。如要表现炊事员，光把他放在厨房里烧锅煮饭，就不易出戏，很难写出吸引人的场面；如果写部队在大沙漠里铺轨，或者在激战中同志们正需要喝水吃饭、非常困难的时候，把炊事员安排进去，作用就大了。

无论什么文学形式，一写事情的或运动的过程就不易写好。如有个作品写高射炮兵作战，又是讲炮的性能、炮的口径，又是红绿信号灯如何调炮……就很难使人家爱看。文学作品主要是写人，写人的思想活动，遇到什么困难，怎样克服，怎样斗争……写写技术也可以，但不能贪多，因为这不是文学主要的任务。学技术，那有技术教科书嘛！

刻画人物要注意从多方面来写人物性格。如写地主，不要光写他凶残的一面，把他写得像个野兽，也要写他伪善的一面。写他的生活、嗜好、习惯、对不同的人不同的态度……多方面写人物的性格，不要小胡同里赶猪——直来直去。

当你写到戏剧性强的地方，最好不要写他的心理活动，而叫他用行动说话，来表现他的精神面貌。如果在这时候加上心理描写，故事的紧张就马上弛缓下来。《水浒传》上的鲁智深、石秀、李逵、武松等人物的形象，往往用行动说话来表现他们的性格和精神面貌，这个写法是很高明的。《水浒传》上武松打虎的一段，写武松见虎时心里是怕的，但王少堂先生说评书又做了一番加工。武松看见了老虎，便说："啊！我不打死它，它会伤人哟！好！打！"这样一说，把武松这个英雄人物的性格表现得更有声色了。这种艺术的夸张，是有助于塑造英雄人物的形象的！我们写新英雄人物，要大胆些。对英雄人物的行动，为什么不可以做适当的艺术夸张呢？

为了写好人物，可以把五十万字的材料只写二十万字；心要狠一些。过去日本鬼子烧了商务印书馆的图书馆，把我一部十万多字的小说原稿也烧掉了。后来，我把这十万字的材料写成了一个中篇《月牙儿》。当然，这是其中的精华。这好比割肉一样，肉皮肉膘全不要，光要肉核（最好的肉）。鲁迅的作品，文字十分精练，人物都非常成功，而有些作家就不然，写到事往往就无节制地大写特写，把人盖住了。最近，我看到一幅描绘密云水库上的人们干劲冲天的画，画中把山画得很高很大很雄伟，人呢，却小得很。这怎能表现出人们的干劲呢？看都看不到啊！事件的详细描写总在其次；人，才是主要的。因为有永存价值的是人，而不是事。

语言的运用对文学是非常重要的。有的作品文字色彩不浓，首先是逻辑性的问题。我写作中有一个窍门，一个东西写完了，一定要再念再念再念，念给别人听（听不听在他），看念得顺不顺？准确不？别扭不？逻辑性强不？……看看句子是否有不够妥当之处。我们不能为了文字简练而简略。简练不是简略、意思含糊，而是看逻辑性强不强，准确不准确。只有逻辑性强而又简单的语言才是真正的简练。

运用文字，首先是准确，然后才是出奇。文字修辞、比喻、联想假如并不出奇，用了反而使人感到庸俗。讲究修辞并不是滥用形容词，而是要求语言准确而生动。文字鲜明不鲜明，不在于用一些有颜色的字句。一千字的文章，我往往写三天，第一天可能就写成，第二天、第三天加工修改，把那些陈词滥调和废话都删掉。这样做是否会使色彩不鲜明呢？不，可能更鲜明些。文字不怕朴实，朴实也会生动，也会有色彩。齐白石先生画的小鸡，虽只那么几笔，但墨分五彩，能使人看出来许多颜色。写作时堆砌形容词不好。语言的创造，是用普通的文字巧妙地安排起来的，不要硬造字句。如"他们在思谋……"，"思谋"不常用，不如用"思索"倒好些，既现成也易懂。宁可写得老实些，也别生造。

文学是语言的艺术，我们是语言的运用者，要想办法把"话"说好，不光是要注意"说什么"，而且要注意"怎么说"。注意"怎么说"才能表现出自己的语言风格。各人的"说法"不同，各人的风格也就不一样。"怎么说"是思考的结果。侯宝林的相声之所以逗人笑，并不只因他的嘴有功夫，而是因为他的想法合乎笑的规律。写东西一定要善于运用文字，苦苦思索，要让人家看见你的思想风貌。

用什么语言好呢？过去我很喜欢用方言，《龙须沟》里就有许多北京方言。在北京演出还好，观众能懂，但到了广州就不行了，广州没有这种方言。连翻译也没法翻译。这次写《女店员》我就注意用普通话。推广普通话，文学工作者都有责任。用一些富有表现力的方言，加强乡土气息，不是不可以，但不要贪多；没多少意义的、不易看懂的方言，干脆去掉为是。

小说中人物对话很重要。对话是人物性格的索隐，也就是什么样的人说什么样的话。一个人物的性格掌握住了，再看他在什么时间、什么地点，就可以琢磨出他将会说什么与怎么说。写对话的目的是为了使人物性格更鲜明，而不只是为了交代情节。《红楼梦》的对话写得很好，通过对话可以使人看见活生生的人物。

关于文字表现技巧，不要光从一方面来练习，一棵树吊死人，要多方面练习。一篇小说写完后，可试着再把它写成话剧（当然不一定发表），这会有好处的。话剧主要是以对话来表达故事情节，展示人物性格，每句话都要求很精练，很有作用。我们也应当学学写诗，旧体诗也可以学学，不摸摸旧体诗，就没法摸到中国语言的特点和奥妙。这当然不是要大家去写旧体诗词，而是说要学习我们民族语言的特色，学会表现、运用语言的本领，使作品中的文字千锤百炼。这是要下一番苦功夫的。

写东西一定要求精练，含蓄。俗语说："宁吃鲜桃一口，不吃烂杏一筐。"这话是很值得深思的。不要使人家读了作品以后，有"吃腻了"的感觉，要给人留出回味的余地，让人看了觉得：这两口还不错呀！我们现在有不少作品不太含蓄，直来直去，什么都说尽了，没有余味可嚼。过去我接触过很多拳师，也曾跟他们学过两手，材料很多。可是不能把这些都写上。我就拣最精彩的一段来写：有一个老先生枪法很好，最拿手的是"断魂枪"，这是几辈祖传的。外地有个老人学的枪法不少，就不会他这一套，于是千里迢迢来求教枪法，可是他不教，说了很多好话，还是不行。老人就走了，他见那老人走后，就把门锁起来，把自己关在院内，一个人练他那套枪法。写到这里，我只写了两个字——"不传"，就结束了。还有很多东西没说，让读者去想。想什么呢？就让他们想想小说的"底"——许多好技术，就因个人的保守，而失传了。

小说的"底"，在写之前你就要找到。有些作者还没想好了"底"就写，往往写到一半就写不下去，结果只好放弃了。光想开头，不想结尾，不知道"底"落在哪里，是很难写好的。"底"往往在结尾时才表现出来，"底"也可以说是你写这小说的目的。如果你一上来把什么都讲了，那就是漏了"底"。比如，前面所说的学枪法的故事，就是叫你想想由于这类的"不传"，我们祖国从古到今有多少宝贵的遗产都被埋葬掉啦！写相声最怕没有"底"，没有"底"就下不了台，有了"底"，就知道前面怎么安排了。

小说所要表达的东西是多种多样的。由于我国社会主义建设的需要，当前着重于写建设，这是正确的。当然，也可以写其他方面的生活。在写作时，若只凭有过这么回事，凑合着写下来，就不容易写好；光知道一个故事，而不知道与这故事有关的社会生活，也很难写好。

小说的形式也是多种多样的，有书信体、日记体，还有……资本主义国家有些作品，思想性并不强，可是写得那么抒情，那么有色彩，能给人以艺术上的欣赏。这种作品虽然没有什么教育意义，我们不一定去学，但多看一看，也有好处。现在我们讲百花齐放，我看放得不够的原因之一，就是知道得不多，特别是世界名著和我国的优秀传统知道得不多。

生活知识也是一样，越博越好，了解得越深越透彻越好。因此，对生活要多体验、多观察，培养多方面的兴趣，尽可能去多接触一些事物。就是花木鸟兽、油盐酱醋也都应注意一下，什么时候用着它很难预料，但知道多了，用起来就很方便。在生活中看到的，随时记下来，看一点，记一点，日积月累，日后大有用处。

在表现形式上不要落旧套，要大胆创造，因为生活是千变万化的，不能按老套子来写。任何一种文学艺术形式一旦一成不变，便会衰落下去。因此，我们要想各种各样的法子冲破旧的套子，这就要敢想、敢说、敢干。"五四"时期打破了旧体诗、文言文的格式，这是个了不起的文化革命！文学艺术，要不断革新，一定要创造出新东西，新的样式。如果大家都写得一样，那还互相交流什么？正因为各有不同，才互相观摩，取长补短，共同提高。新创造的东西，可能有些人看着不大习惯，但大家可以辩论呀！希望大家在文学形式上能有所突破，有新的创造！

（原载 1959 年 6 月 1 日《解放军文艺》6 月号）

形式、内容、文字

假若我有个弟弟，他一时高兴起来要练习写写小说，我想，很自然地，他必来问我应该怎样写，因为我曾经发表过几篇小说。我虽没有以小说家自居过，可是在他的心目中大概我总是个有些本领的人物。既是他的哥哥，我一定不肯扫他的兴，尽管我心里并没有什么宝贝，但似乎也得回答他几句——对不对，不敢保险，不过我决不会欺骗他，他是我的老弟呀！

我要告诉他：

一、形式。小说没有什么一定的图样，但必须有个相当完整的形式，好叫故事有秩序地、有计划地去发展。社会上的真事体，有许多是无结果而散的，有许多是千头万绪乱七八糟的；我们要照样去写，就恐怕是白费力而毫无效果。因此，我们须决定一个形式，把真事体加以剪裁和补充，以便使人看到一个相当完整的片段。真事体不过是我们的材料，盖起什么样的房子却由我们自己决定。我们不要随着真事体跑，而须叫事体随着我们走。这样，我们才不至于把人物写丢了，或把事体写乱了。一开头写张三，而忽然张三失踪，来了个李四，李四又忽然不见，再出来个王五，一定不是好办法。事情也是如此，不能正谈着抗战，忽然又出来了《红楼梦》。人物要固定，事情要有范围。把人物与事情配备起来，像一棵花草似的那么有根、有枝、有叶、有花，才是小说。

二、内容。小说的内容比形式更自由。山崩地裂可以写，油盐酱醋也可以写。不过，无论写什么，我们必须给事情找出个意义来，作为对人们的某一现象的解释。我们不仅报告，也解释，好使读者了解人生。这种解释可不是滔滔不绝地发议论，不是一大篇演说，而是借着某件事暗示出来的，叫人家看了这段具体的事，也就顺手儿看出其中的含意。因此，我们要写某件事，必须真明白某件事，好去说得真龙活现，使人信服，使人喜悦，使人在接受我们的故事时，也就不知不觉地接受了我们的教训。假若我们说打仗而不像打仗，说医生而像种田的，便只足使人笑我们愚蠢，而绝难相信我们的话了。我们须找自己真懂得的事去写。每写一件事必须费许多预备的工夫，去调查，去访问；绝对不可随便说说，而名之为小说。

单是事情详密还不算尽职。我们还得写出人来。小说既是给人生以解释，它的趣味当然是在"人"了。若是没有人物，即使我们写出山崩地裂，或者天上掉下五条猛虎来，又有什么好处呢？人物才是小说的心灵，事实不过是四肢百体。

小说中最要紧的是人物，最难写的也是人物。我们日常对人们的举止动作要极用心地去观察，对人情世故要极细心地去揣摩，对自己的感情脾气要极客观地去分析，要多与社会接触，要多读有名的作品。我们免不了写自己，可是万不可老写自己；我们必须像戏剧演员似的，运用我们的想象，去装甲是甲，装乙是乙。我们一个人须有好多份儿心灵、身体。

三、文字。小说是用文字写成的，没有好的文字便什么也写不出。文字是什么东西呢？用不着说，它就是写在纸上的言语。我们都会说话，我们便应当会用文字。不过，平日我们说话往往信口开河，而写下来的文字必须有条有理，虽然还是说话，可是比说话简单精确。因此我们也须在文字上花一番琢磨的工夫。我们要想：这个感情、这个风景、这个举动，要用什么字才能表示得最简单、最精确呢？想了一回，再想一回，再想一回！这样，我们虽然还是用了现成的言语，可是它恰好能传达我们所要描写的，不多绕弯，不犹疑，不含混，叫人一看便能得到个明确的图像。我们必须记得，我们是在替某人说话，替某事说话，替某一风景说话，而不是自己在讲书或乱说。我们的心中应先有了某人某事某景，而后设法用文字恰当地写出；把"怒吼吧""祖国""原野""咆哮"……凑到一块儿，并不算尽了职责！我们的文字是心中制炼出来的言语，不是随便东拾一字，西抄一词的"富贵衣"。小说注重描写，描写仗着文字，那么，我们的文字就须是以我们的心钻入某人某事某景的心中而掏出来的东西。这样，每个字都有它的灵魂，都有它必定应当存在的地方；哪个字都有用，只看我们怎样去用。若是以为只有"怒吼吧""祖国"……才是"文艺字"，那我们只好终日怒吼，而写不成小说了！文字是我们的工具，不是我们的主人。假若我们不下一番功夫，不去想而信笔一挥，我们就只好拾些破铜烂铁而以为都是金子了。

（原载 1942 年 6 月 20 日《文学修养》第 1 期）

怎样写小说

小说并没有一定的写法。我的话至多不过是供参考而已。

大多数的小说里都有一个故事，所以我们想要写小说，似乎也该先找个故事。找什么样子的故事呢？从我们读过的小说来看，什么故事都可以用。恋爱的故事、冒险的故事固然可以利用，就是说鬼说狐也可以。故事多得很，我们无须发愁。不过，在说鬼狐的故事里，自古至今都是把鬼狐处理得像活人；即使专以恐怖为目的，作者所想要恐吓的也还是人。假若有人写一本书，专说狐的生长与习惯，而与人无关，那便成为狐的研究报告，而成不了说狐的故事了。由此可见，小说是人类对自己的关心，是人类社会的自觉，是人类生活经验的纪录。那么，当我们选择故事的时候，就应当估计这故事在人生上有什么价值，有什么启示；也就很显然地应把说鬼说狐先放在一边——即使要利用鬼狐，发为寓言，也须晓得寓言与现实是很难得谐调的，不如由正面去写人生才更恳切动人。

依着上述的原则去选择故事，我们应该选择复杂惊奇的故事呢，还是简单平凡的呢？据我看，应当先选取简单平凡的。故事简单，人物自然不会很多，把一两个人物写好，当然是比写二三十个人而没有一个成功的强多了。写一篇小说，假如写者不善描写风景，就满可以不写风景，不长于写对话，就满可以少写对话；可是人物是必不可缺少的，没有人便没有事，也就没有了小说。创造人物是小说家的第一项任务。把一件复杂热闹的事写得很清楚，而没有创造出人来，那至多也不过是一篇优秀的报告，并不能成为小说。因此，我说，应当先写简单的故事，好多注意到人物的创造。试看，世界上要属英国狄更斯的小说的穿插最复杂了吧，可是有谁读过之后能记得那些钩心斗角的故事呢？狄更斯到今天还有很多的读者，还被推崇为伟大的作家，难道是因为他的故事复杂吗？不！他创造出许多的人哪！他的人物正如同我们的李逵、武松、黛玉、宝钗，都成为永远不朽的了。注意到人物的创造是件最上算的事。

为什么要选取平凡的故事呢？故事的惊奇是一种炫弄，往往使人专注意故事本身的刺激性，而忽略了故事与人生有关系。这样的故事在一时也许很好玩，可是过一会儿便索然无味了。试看，在英美一年要出多少本侦探小说，哪一本里没有个惊心动魄的故事呢？可是有几本这样的小说成为真正的文艺的作品呢？这种惊心动魄是大锣大鼓的刺激，而不是使人三月不知肉味的感动。小说是要感动，不要虚浮的刺激。因此，第一，故事的惊奇，不如人与事的亲切；第二，故事的出奇，不如有深长的意味。假若我们能由一件平凡的故事中，看出它特有的意义，则人同此心，心同此理，它便具有很大的感动力，能引起普遍的同情心。小说是对人生的解释，只有这解释才能使小说成为社会的指导者。也只有这解释才能把小说从低级趣味中解救出来。所谓《黑幕大观》一类的东西，其目的只在揭发丑恶，而并没有抓住丑恶的成因，虽能使读者快意一时，但未必不发生世事原来如此，大可一笑置之的犬儒态度。更要不得的是那类嫖经赌术的东西，作者只在嫖赌中有些经验，并没有从这些经验中去追求更深的意义，所以他们的文字只导淫劝赌，而绝对不会使人崇高。所以我说，我们应先选取平凡的故事，因为这足以使我们对事事注意，而养成对事事都探求其隐藏着的真理的习惯。有了这个习惯，我们既可以不愁没有东西好写，而且可以免除了低级趣味。客观事实只是事实，其本身并不就是小说，详密地观察了那些事实，而后加以主观的判断，才是我们对人生的解释，才是我们对社会的指导，才是小说。对复杂与惊奇的故事应取保留的态度，假若我们在复杂之中找不出必然的一贯的道理，于惊奇中找不出近情合理的解释，我们最好不要动手，因为一存以热闹惊奇见胜的心，我们的趣味便低级了。再说，就是老手名家也往往吃亏在故事的穿插太乱、人物太多；即使部分上有极成功的地方，可是全体的不匀调，顾此失彼，还是劳而无功。

在前面，我说写小说应先选择个故事。这也许小小的有点语病，因为在事实上，我们写小说的动机，有时候不是源于有个故事，而是有一个或几个人。我们倘然遇到一个有趣的人，很可能便想以此人为主而写一篇小说。不过，不论是先有故事，还是先有人物，人与事总是分不开的。世界上大概很少没有人的事和没有事的人。我们一想到故事，恐怕也就想到了人，一想到人，也就想到了事。我看，问题倒似乎不在于人与事来到的先后，而在于怎样以事配人和以人配事。换句话说，人与事都不过是我们的参考资料，须由我们调动运用之后才成为小说。比方说，我们今天听到了一个故事，其中的主人翁是一个青年人。可是经我们考虑过后，我们觉得设若主人翁是个老年人，或者就能给这故事以更大的感动力；那么，我们就不妨替它改动一番。以此类推，我们可以任意改变故事或人物的一切。这就仿佛是说，那足以引起我们注意，以至想去写小说的故事或人物，不过是我们主要的参考材料。有了这点参考之后，我们须把毕生的经验都拿出来作为参考，千方百计地来使那主要的参考丰富起来，像培植一粒种子似的，我们要把水分、温度、阳光……都极细心地调处得适当，使它发芽，长叶开花。总而言之，我们须以艺术家自居，一切的资料是由我们支配的；我们要写的东西不是报告，而是艺术品——艺术品是用我们整个的生命、生活写出来的，不是随便地给某事某物照了个四寸或八寸的相片。我们的责任是在创作：假借一件事或一个人所要传达的思想，所要发生的情感与情调，都由我们自己决定，自己执行，自己做到。我们并不是任何事任何人的奴隶，而是一切的主人。

遇到一个故事，我们须亲自在那件事里旅行一次，不要急着忙着去写。旅行过了，我们就能发现它有许多不圆满的地方，须由我们补充。同时，我们也感觉到其中有许多事情是我们不熟悉或不知道的。我们要述说一个英雄，却未必不叫英雄的一把手枪给难住。那就该赶紧去设法明白手枪，别无办法。一个小说家是人生经验的百货店，货越充实，生意才越兴旺。

旅行之后，看出哪里该添补，哪里该打听，我们还要再进一步，去认真地扮作故事中的人，设身处地去想象每个人的一切。是的，我们所要写的也许是短短的一段事实。但是假若我们不能详知一切，我们要写的这一段便不能真切生动。在我们心中，已经替某人说过一千句话了，或者落笔时才能正确地用他的一句话代表出他来。有了极丰富的资料、深刻的认识，才能说到剪裁。我们知道十分，才能写出相当好的一分。小说是酒精，不是掺了水的酒。大至历史、民族、社会、文化，小至职业、相貌、习惯，都须想过，我们对一个人的描画才能简单而精确地写出，我们写的事必然是我们要写的人所能担负得起的，我们要写的人正是我们要写的事的必然的当事人。这样，我们的小说才能皮裹着肉，肉撑着皮，自然地相联，看不出虚构的痕迹。小说要完美如一朵鲜花，不要像二簧行头戏里的"富贵衣"。

对于说话、风景，也都是如此。小说中人物的话语要一方面负着故事发展的责任，另一方面也是人格的表现——某个人遇到某种事必说某种话。这样，我们不必要什么惊奇的言语，而自然能动人。因为故事中的对话是本着我们自己的及我们对人的精密观察的，再加上我们对这故事中人物的多方面想象的结晶。我们替他说一句话，正像社会上某种人遇到某种事必然说的那一句。这样的一句话，有时候是极平凡的，而永远是动人的。

我们写风景也并不是专为了美，而是为加重故事的情调。风景是故事的衣装，正好似寡妇穿青衣，少女穿红裤，我们的风景要与故事人物相配备——使悲欢离合各得其动心的场所。小说中一草一木一虫一鸟都须有它的存在的意义。一个迷信神鬼的人，听了一声鸦啼，便要不快。一个多感的人看见一片落叶，便要落泪。明乎此，我们才能随时随地搜取材料，准备应用。当描写的时候，才能大至人生的意义，小至一虫一蝶，随手拾来，皆成妙趣。

以上所言，系对小说中故事、人物、风景等做个笼统的报告，以时间的限制不能分项详陈。设若有人问我，照你所讲，小说似乎很难写了？我要回答，也许不是件极难的事，但是总不大容易吧！

（原载 1941 年 8 月 15 日《文史杂志》第 1 卷第 8 期）

我怎样写《骆驼祥子》

从何月何日起，我开始写《骆驼祥子》？已经想不起来了。我的抗战前的日记已随同我的书籍全在济南失落，此事恐永无对证矣。

这本书和我的写作生活有很重要的关系。在写它以前，我总是以教书为正职，写作为副业，从《老张的哲学》起到《牛天赐传》止，一直是如此。这就是说，在学校开课的时候，我便专心教书，等到学校放寒暑假，我才从事写作。我不甚满意这个办法。因为它使我既不能专心一志地写作，而又终年无一日休息，有损于健康。在我从国外回到北平的时候，我已经有了去做职业写家的心意；经好友们的谆谆劝告，我才就了齐鲁大学的教职。在齐大辞职后，我跑到上海去，主要的目的是在看看有没有做职业写家的可能。那时候，正是"一·二八"以后，书业不景气，文艺刊物很少，沪上的朋友告诉我不要冒险。于是，我就接了山东大学的聘书。我不喜欢教书，一来是我没有渊博的学识，时时感到不安；二来是即使我能胜任，教书也不能给我像写作那样的愉快。为了一家子的生活，我不敢独断独行地丢掉了月间可靠的收入，可是我的心里一时一刻也没忘掉尝一尝职业写家的滋味。

事有凑巧，在"山大"教过两年书之后，学校闹了风潮，我便随着许多位同事辞了职。这回，我既不想到上海去看看风向，也没同任何人商议，便决定在青岛住下去，专凭写作的收入过日子。这是"七七"抗战的前一年。《骆驼祥子》是我做职业写家的第一炮。这一炮要放响了，我就可以放胆地做下去，每年预计着可以写出两部长篇小说来。不幸这一炮若是不过火，我便只好再去教书，也许因为扫兴而完全放弃了写作。所以我说，这本书和我的写作生活有很重要的关系。

记得是在一九三六年春天吧，"山大"的一位朋友跟我闲谈，随便地谈到他在北平时曾用过一个车夫。这个车夫自己买了车，又卖掉，如此三起三落，到末了还是受穷。听了这几句简单的叙述，我当时就说："这颇可以写一篇小说。"紧跟着，朋友又说：有一个车夫被军队抓了去，哪知道，转祸为福，他乘着军队移动之际，偷偷地牵回三匹骆驼回来。

这两个车夫都姓什么？哪里的人？我都没问过。我只记住了车夫与骆驼。这便是骆驼祥子的故事的核心。

从春到夏，我心里老在盘算，怎样把那一点简单的故事扩大，成为一篇十多万字的小说。

不管用得着与否，我首先向齐铁恨先生打听骆驼的生活习惯。齐先生生长在北平的西山，山下有许多家养骆驼的。得到他的回信，我看出来，我须以车夫为主，骆驼不过是一点陪衬，因为假若以骆驼为主，恐怕我就须到"口外"去一趟，看看草原与骆驼的情景了。若以车夫为主呢，我就无须到口外去，而随时随处可以观察。这样，我便把骆驼与祥子结合到一处，而骆驼只负引出祥子的责任。

怎么写祥子呢？我先细想车夫有多少种，好给他一个确定的地位。把他的地位确定了，我便可以把其余的各种车夫顺手儿叙述出来；以他为主，以他们为宾，既有中心人物，又有他的社会环境，他就可以活起来了。换言之，我的眼一时一刻也不离开祥子，写别的人正可以烘托他。

车夫们而外，我又去想，祥子应该租赁哪一车主的车，以及拉过什么样的人。这样，我便把他的车夫社会扩大了，而把比他的地位高的人也能介绍进来。可是，这些比他高的人物，也还是因祥子而存在故事里，我决定不许任何人夺去祥子的主角地位。

有了人，事情是不难想到的。人既以祥子为主，事情当然也以拉车为主。只要我叫一切的人都和车发生关系，我便能把祥子拴住，像把小羊拴在草地上的柳树下那样。

可是，人与人，事与事，虽以车为联系，我还感觉着不易写出车夫的全部生活来。于是，我还再去想：刮风天，车夫怎样？下雨天，车夫怎样？假若我能把这些细琐的遭遇写出来，我的主角便必定能成为一个最真确的人，不但吃得苦，喝得苦，连一阵风，一场雨，也给他的神经以无情的苦刑。

由这里，我又想到，一个车夫也应当和别人一样地有那些吃喝而外的问题。他也必定有志愿，有性欲，有家庭和儿女。对这些问题，他怎样解决呢？他是否能解决呢？这样一想，我所听来的简单的故事便马上变成了一个社会那么大。我所要观察的不仅是车夫的一点点的浮现在衣冠上的、表现在言语与姿态上的那些小事情了，而是要由车夫的内心状态观察到地狱究竟是什么样子。车夫的外表上的一切，都必有生活与生命上的根据。我必须找到这个根源，才能写出个劳苦社会。

由一九三六年春天到夏天，我入了迷似的去搜集材料，把祥子的生活与相貌变换过不知多少次——材料变了，人也就随着变。

到了夏天，我辞去了"山大"的教职，开始把祥子写在纸上。因为酝酿的时期相当的长，搜集的材料相当的多，拿起笔来的时候我并没感到多少阻碍。一九三七年一月，"祥子"开始在《宇宙风》上出现，作为长篇连载。当发表第一段的时候，全部还没有写完，可是通篇的故事与字数已大概地有了准谱儿，不会有很大的出入。假若没有这个把握，我是不敢一边写一边发表的。刚刚入夏，我将它写完，共二十四段，恰合《宇宙风》每月要两段，连载一年之用。

当我刚刚把它写完的时候，我就告诉了《宇宙风》的编辑：这是一本最使我自己满意的作品。后来，刊印单行本的时候，书店即以此语嵌入广告中。它使我满意的地方大概是：（一）故事在我心中酝酿得相当的长久，收集的材料也相当的多，所以一落笔便准确，不蔓不枝，没有什么敷衍的地方。（二）我开始专以写作为业，一天到晚心中老想着写作这一回事，所以虽然每天落在纸上的不过是一二千字，可是在我放下笔的时候，心中并没有休息，依然是在思索；思索的时候长，笔尖上便能滴出血与泪来。（三）在这故事刚一开头的时候，我就决定抛开幽默而正正经经地去写。在往常，每逢遇到可以幽默一下的机会，我就必抓住它不放手。有时候，事情本没什么可笑之处，我也要运用俏皮的言语，勉强地使它带上点幽默味道。这，往好里说，足以使文字活泼有趣；往坏里说，就往往招人讨厌。《祥子》里没有这个毛病。即使它还未能完全排除幽默，可是它的幽默是出自事实本身的可笑，而不是由文字里硬挤出来的。这一决定，使我的作风略有改变，叫我知道了只要材料丰富，心中有话可说，就不必一定非幽默不足叫好。（四）既决定了不利用幽默，也就自然地决定了文字要极平易，澄清如无波的湖水。因为要求平易，我就注意到如何在平易中而不死板。恰好，在这时候，好友顾石君先生供给了我许多北平口语中的字和词。在平日，我总以为这些词汇是有音无字的，所以往往因写不出而割爱。现在，有了顾先生的帮助，我的笔下就丰富了许多，而可以从容调动口语，给平易的文字添上些亲切、新鲜、恰当、活泼的味儿。因此，《祥子》可以朗诵。它的言语是活的。

《祥子》自然也有许多缺点。使我自己最不满意的是收尾收得太慌了一点。因为连载的关系，我必须整整齐齐地写成二十四段；事实上，我应当多写两三段才能从容不迫地刹住。这，可是没法补救了，因为我对已发表过的作品是不愿再加修改的。

《祥子》的运气不算很好：在《宇宙风》上登刊到一半就遇上"七七"抗战。《宇宙风》何时在沪停刊，我不知道；所以我也不知道，《祥子》全部登完过没有。后来，《宇宙风》社迁到广州，首先把《祥子》印成单行本。可是，据说刚刚印好，广州就沦陷了，《祥子》便落在敌人的手中。《宇宙风》又迁到桂林，《祥子》也又得到出版的机会，但因邮递不便，在渝蓉各地就很少见到它。后来，文化生活出版社把纸型买过来，它才在大后方稍稍活动开。

　　近来，《祥子》好像转了运，据友人报告，它已被译成俄文、日文与英文。

　　　　　（原载 1945 年 7 月《青年知识》第 1 卷第 2 期）

我怎样写短篇小说

　　我最早的一篇短篇小说还是在南开中学教书时写的；纯为敷衍学校刊物的编辑者，没有别的用意。这是十二三年前的事了。这篇东西当然没有什么可取的地方，在我的写作经验里也没有一点重要，因为它并没引起我的写作兴趣。我的那一点点创作历史应由《老张的哲学》算起。

　　这可就有了文章：合起来，我在写长篇之前并没有写短篇的经验。我吃了亏。短篇想要见好，非拼命去作不可。长篇有偷手。写长篇，全篇中有几段好的，每段中有几句精彩的，便可以立得住。这自然不是理应如此，但事实上往往是这样；连读者仿佛对长篇——因为是长篇——也每每格外地原谅。世上允许很不完整的长篇存在，对短篇便不很客气。这样，我没有一点写短篇的经验，而硬写成五六本长的作品；从技巧上说，我的进步的迟慢是必然的。短篇小说是后起的文艺，最需要技巧，它差不多是仗着技巧而成为独立的一个体裁。可是我一上手便用长篇练习，很有点像练武的不习"弹腿"而开始便

209

举"双石头"，不被石头压坏便算好事；而且就是能够力举千斤也是没有什么用处的笨劲。这点领悟是我在写了些短篇后才得到的。

上段末一句里的"些"字是有作用的。《赶集》与《樱海集》里所收的二十五篇，以及最近所写的几篇——如《断魂枪》与《新时代的旧悲剧》等——可以分为三组。第一组是《赶集》里的前四篇和后边的《马裤先生》与《抱孙》。第二组是自《大悲寺外》以后，《月牙儿》以前的那些篇。第三组是《月牙儿》《断魂枪》与《新时代的旧悲剧》等。第一组里那五六篇是我写着玩的：《五九》最早，是为给《齐大月刊》凑字数的。《热包子》是写给《益世报》的《语林》，因为不准写长，所以故意写了那么短。写这两篇的时候，心中还一点没有想到我是要练习短篇；"凑字儿"是它们唯一的功用。赶到"一·二八"以后，我才觉得非写短篇不可了，因为新起的刊物多了，大家都要稿子，短篇自然方便一些。是的，"方便"一些，只是"方便"一些；这时候我还有点看不起短篇，以为短篇不值得一写，所以就写了《抱孙》等笑话。随便写些笑话就是短篇，我心里这么想。随便写笑话，有了工夫还是写长篇；这是我当时的计划。可是，工夫不容易找到，而索要短篇的越来越多；我这才收起"写着玩"，不能老写笑话啊！《大悲寺外》与《微神》开始了第二组。

第二组里的《微神》与《黑白李》等篇都经过三次的修正；既不想再闹着玩，当然就得好好地干了。可是还有好些篇是一挥而就，乱七八糟的，因为真没工夫去修改。报酬少，少写不如多写；怕得罪朋友，有时候就得硬挤；这两桩决定了我的——也许还有别人——少而好不如多而坏的大批发卖。这不是政策，而是不得不如此。自己觉得很对不起文艺，可是钱与朋友也是不可得罪的。有一次有位姓王的编辑跟我要一篇东西，我随写随放弃，一共写了三万多字而始终没能成篇。为怕他不信，我把那些零块儿都给他寄去了。这并不是表明我对写作是怎样郑重，而是说有过这么一回，而且只能有这么"一"回。假如每回这样，不累死也早饿死了。累死还倒干脆而光荣，饿死可难受而不体面。每写五千字，设若，必扔掉三万字，而五千字只得二十元钱或更少一些，不饿死等什么呢？不过，这个说得太多了。

第二组里十几篇东西的材料来源大概有四个：第一，我自己的经验或亲眼看见的人与事。第二，听人家说的故事。第三，模仿别人的作品。第四，先有了个观念而后去撰构人与事。列个表吧：

第一类:《大悲寺外》《微神》《柳家大院》《眼镜》《牺牲》《毛毛虫》《邻居们》

第二类:《也是三角》《上任》《柳屯的》《老年的浪漫》

第三类:《歪毛儿》

第四类:《黑白李》《铁牛和病鸭》《末一块钱》《善人》

第三类——模仿别人的作品——的最少，所以先说它。《歪毛儿》是模仿 J.D.Beresford[1] 的 *The Hermit*[2]。因为给学生讲小说，我把这篇奇幻的故事翻译出来，讲给他们听。经过好久，我老忘不了它，也老想写这样的一篇。可是我始终想不出旁的路儿来，结果是照样摹了一篇；虽然材料是我自己的，但在意思上全是抄袭的。

第一类里的七篇，多数是亲眼看见的事实，只有一两篇是自己做过的事。这本没有什么可说的，假若不是《牺牲》那篇得到那么坏的批评。《牺牲》里的人与事是千真万确的，可凡是批评过我的短篇小说的全拿它开刀，甚至有的说这篇是非现实的。乍一看这种批评，我与一般人一样地拿这句话反抗："这是真事呀！"及至我再去细看它，我明白了：它确是不好。它摇动，后边所描写的不完全帮助前面所立下的主意。它破碎，随写随补充，像用旧棉花作褥子似的，东补一块西补一块。真事原来靠不住，因为事实本身不就是小说，得看你怎么写。太信任材料就容易忽略了艺术。反之，在第二类中的几篇倒都平稳，虽然其中的事实都是我听朋友们讲的。正因为是听

---

① 约翰·戴维斯·贝雷斯福特（1873—1947），英国小说家。

② 贝雷斯福特的小说《隐者》。

来的，所以我才分外的留神，小心是没有什么坏处的。同样，第四类中的几篇也有很像样子的，其实其中的人与事全是想象的，全是一个观念的子女。《黑白李》与《铁牛和病鸭》都是极清楚的由两个不同的人代表两个不同的意思。先想到意思，而后造人，所以人物的一切都有了范围与轨道；他们闹不出圈儿去。这比乱七八糟一大团好，我以为。经验丰富想象，想象确定经验。

这些篇的文字都比我长篇中的老实，有的是因为屡屡修改，有的是因为要赶快交卷；前者把火气扇（用"删"字也许行吧）去，后者根本就没劲。可是大致地说，我还始终保持着我的"俗"与"白"。对于修辞，我总是第一要清楚，而后再说别的。假若清楚是思想的结果，那么清楚也就是力量。我不知道自己的文字是否清楚而有力量，不过我想这么作就是了。

该说第三组的了。这一组里的几篇——如《月牙儿》《阳光》《断魂枪》与《新时代的旧悲剧》——并没有什么特别的好处。一个事实，一点觉悟，使我把它们另作一组来说说。前面说过了，第一组的是写着玩的，坏是当然的，好也是碰巧劲。第二组的虽然是当回事儿似的写，可还有点轻视短篇，以为自己的才力是在写长篇。到了第三组，我的态度变了。事实逼得我不能不把长篇的材料写作短篇了，这是事实，因为索稿子的日多，而材料不那么方便了，于是把心中留着的长篇材料拿出来救急。不用说，这么由批发而改为零卖是有点难过。可是及至把十万字的材料写成五千字的一个短篇——像《断魂枪》——难过反倒变成了觉悟。经验真是可宝贵的东西！觉悟是这个：用长材料写短篇并不吃亏，因为要从够写十几万字的事实中提出一段来，当然是提出那最好的一段。这就是愣吃仙桃一口，不吃烂杏一筐了。再说呢，长篇虽也有个中心思想，但因事实的复杂与人物的繁多，究竟在描写与穿插上是多方面的。假如由这许多方面之中挑选出一方面来写，当然显着紧凑精到。长篇的各方面中的任何一方面都能成个很好的短篇，而这各方面散布在长篇中就不易显出任何一方面的精彩。长篇要匀调，短篇要集中。拿《月牙儿》说吧，它本是《大明湖》中的一片段。《大明湖》被焚之后。我把其他的情节都毫不可惜地忘弃，可是忘不了这一段。这一段是，不用说，《大明湖》中最有意思的一段。但是，它在《大明湖》里并不像《月牙儿》这样整齐，因为它是夹在别的一堆事情里，不许它独当一面。由现在看来，我愣愿要《月牙儿》而不要《大明湖》了。不是因它是何等了不得的短篇，而是因它比在《大明湖》里"窝"着强。

《断魂枪》也是如此。它本是我所要写的"二拳师"中的一小块。"二拳师"是个——假如能写出来——武侠小说。我久想写它，可是谁知道写出来是什么样呢？写出来才算数，创作是不敢"预约"的。在《断魂枪》里，我表现了三个人，一桩事。这三个人与这一桩事是我由一大堆材料中选出来的，他们的一切都在我心中想过了许多回，所以他们都立得住。那件事是我所要在长篇中表现的许多事实中之一，所以它很利落。拿这么一件小小的事，联系上三个人，所以全篇是从从容容的，不多不少正合适。这样，材料受了损失，而艺术占了便宜；五千字也许比十万字更好。文艺并非肥猪，块儿越大越好。不过呢，十万字可以得到三五百元，而这五千字只得了十九块钱，这恐怕也就是不敢老和艺术亲热的原因吧。为艺术而牺牲是很好听的，可是饿死谁也是不应当的，为什么一定先叫作家饿死呢？我就不明白！

设若没有《月牙儿》，《阳光》也许显着怪不错。有人说，《阳光》的失败在于题材。在我自己看，《阳光》所以被《月牙儿》比下去的原因是这个:《月牙儿》是由《大明湖》中抽出来而加以修改，所以一气到底，没有什么生硬勉强的地方；《阳光》呢，本也是写长篇的材料，可是没在心中储蓄过多久，所以虽然是在写短篇，而事实上是把临时想起的事全加进去，结果便显着生硬而不自然了。有长时间的培养，把一件复杂的事翻过来掉过去地调动，人也熟了，事也熟了，而后抽出一节来写个短篇，就必定成功，因为一下笔就是地方，准确产出调匀之美。写完《月牙儿》与《阳光》我得到这么点觉悟。附带着要说的，就是创作得有时间。这也就是说，写家得有敢尽量花费时间的准备，才能写出好东西。这个准备就是最伟大的一个字——"饭"。我常听见人家喊：没有伟大的作品啊！每次听见这个呼声，我就想到在这样呼喊的人的心中，写家大概是只喝点露水的什么小生物吧？我知道自己没有多么高的才力，这一世恐怕没有写出伟大作品的希望了。但是我相信，给我时间与饭，我确能够写出较好的东西，不信咱们就试试！

　　《新时代的旧悲剧》有许多的缺点。最大的缺点是有许多人物都见首不见尾，没有"下回分解"。毛病是在"中篇"。我本来是想拿它写长篇的，一经改成中篇，我没法不把精神集注在一个人身上，同时又不能不把次要的人物搬运出来，因为我得凑上三万多字。设若我把它改成短篇，也许倒没有这点毛病了。我的原来长篇计划是把陈家父子三个与宋龙云都看成重要人物：陈老先生代表过去，廉伯代表七成旧三成新，廉仲代表半旧半新，龙云代表新时代。既改成中篇，我就减去了四分之三，而专去描写陈老先生一个人，别人就都成了影物，只帮着支起故事的架子，没有别的作用。这种办法是危险的，当然没有什么好结果。不过呢，陈老先生确是有个劲头；假如我真是写了长篇，我真不敢保他能这么硬梆。因此，我还是不后悔把

216

长篇材料这样零卖出去，而反觉得武戏文唱是需要更大的本事的，其成就也绝非乱打乱闹可比。

这点小小的觉悟是以三十来个短篇的劳力换来的。不过，觉悟是一件事，能否实际改进是另一件事，将来的作品如何使我想到便有点害怕。也许呢，"老牛破车"是越走越起劲的，谁晓得。

在抗战中，因为忙、病与生活不安定，很难写出长篇小说来。连短篇也不大写了，这是因为忙、病与生活不安定之外，还有稍稍练习写话剧及诗等的缘故。从一九三八年到一九四三年，我只写了十几篇短篇小说，收入《火车集》与《贫血集》。《贫血集》这个名字起得很恰当，从一九四〇年冬到现在（一九四四年春），我始终患着贫血病。每年冬天只要稍一劳累，我便头昏；若不马上停止工作，就必由昏而晕，一抬头便天旋地转。天气暖和一点，我的头昏也减轻一点，于是又拿起笔来写作。按理说，我应当拿出一年半载的时间，做个较长的休息。可是，在学习上，我不肯长期偷懒；在经济上，我又不敢以借债度日。因此，病好了一点，便写一点；病倒了，只好"高卧"。于是，身体越来越坏，作品也越写越不像话！在《火车》与《贫血》两集中，惭愧，简直找不出一篇像样子的东西！

既写不成样子，为什么还发表呢？这很容易回答。我一病倒，就连坏东西也写不出来哇！作品虽坏，到底是我的心血啊！病倒即停止工作，病稍好时所写的坏东西再不拿去换钱，我怎么生活下去呢？《火车》与《贫血》两集应作如是观。

（原载 1936 年 1 月 1 日《宇宙风》第 8 期）

越短越难

怎么写短篇小说，的确是个很难回答的问题。我自己就没写出来过像样子的短篇小说。这并不是说我的长篇小说都写得很好，不是的。不过，根据我的写作经验来看，只要我有足够的资料，我就能够写成一部长篇小说。它也许相当的好，也许无一是处。可是，好吧坏吧，我总把它写出来了。至于短篇小说，我有多少多少次想写而写不成。这是怎么一回事呢?

我仔细想过了，找出一些原因:

先从结构上说吧。一部文学作品须有严整的结构，不能像一盘散沙。可是，长篇小说因为篇幅长，即使有的地方不够严密，也还可以将就。短篇呢，只有几千字的地方，绝对不许这里太长，那里太短，不集中，不停匀，不严谨。

这样看来，短篇小说并不因篇幅短就容易写。反之，正因为它短，才很难写。

从文字上看也是如此。长篇小说多写几句，少写几句，似乎没有太大的关系。短篇只有几千字，多写几句和少写几句就大有关系，叫人一眼就会看出：这里太多，那里不够！写短篇必须做到字斟句酌，一点不能含糊。当然，写长篇也不该马马虎虎，信笔一挥。不过，长篇中有些不合适的地方，究竟容易被精彩的地方给遮掩过去，而短篇无此便利。短篇应是一小块精金美玉，没有一句废话。我自己喜写长篇，因为我的幽默感使我会说废话。我会抓住一些可笑的事，不管它和故事的发展有无密切关系，就痛痛快快发挥一阵。按道理说，这大不应该。可是，只要写得够幽默，我便舍不得删去它（这是我的毛病），读者也往往不事苛责。当我写短篇的时候，我就不敢那么办。于是，我总感到束手束脚，不能畅所欲言。信口开河可能写成长篇（文学史上有例可查），而绝对不能写成短篇。短篇需要最高度的艺术控制。浩浩荡荡的文字，用之于长篇，可能成为一种风格。短篇里浩荡不开。

同时，若是为了控制，而写得干干巴巴，就又使读者难过。好的短篇，虽仅三五千字，叫人看来却感到从从容容，舒舒服服。这是真本领。哪里去找这种本领呢？从我个人的经验来说，最要紧的是知道得多，写得少。有够写十万字的资料，而去写一万字，我们就会从容选择，只要精华，尽去糟粕。资料多才易于调动。反之，只有够写五千字的资料，也就想去写五千字，那就非弄到声嘶力竭不可。

我常常接到文艺爱好者的信，说："我有许多小说资料，但是写不出来。"

　　其中，有的人连信还写不明白。对这样的朋友，我答以先努力进修语文，把文字写通顺了，有了表现能力，再谈创作。

　　有的来信写得很明白，但是信中所说的未必正确。所谓小说资料是不是一大堆事情呢？一大堆事情不等于小说资料。所谓小说资料者，据我看，是我们把一件事已经呀摸透，看出其中的深刻意义——借着这点事情可以说明生活中的和时代中的某一问题。这样摸着了底，我们就会把类似的事情收揽进来，补我们原有的资料的不足。这样，一件小说资料可能一来二去地包括许多类似的事情。也只有这样，当我们写作的时候，才能左右逢源，从容不迫，不会写了一点就无话可说了。反之，记忆中只有一堆事情，而找不出一条线索，看不出有何意义，这堆事情便始终是一堆事情而已。即使我们记得它们发生的次序，循序写来，写来写去也就会写不下去了——写这些干什么呢！所谓一堆事情，乍一看起来，仿佛是五光十色，的确不少，及至一摸底，才知道值得写下来的东西并不多。本来嘛，上茅房也值得写吗？值不得！可是，在生活中的确有上茅房这类的事。把一大堆事情剥一剥皮，即把上茅房这类的事都剥去，剩下的核儿可就很小很小了。所以，我奉劝心中只有一堆事情的朋友们别再以为那就是小说资料，应当先想一想，给事情剥剥皮，看看核儿究竟有多么大。要不然，您总以为心中有一写就能写五十万言的积蓄，及至一落笔便又有空空如也之感。同时，我也愿意奉劝：别以为有了一件似有若无的很单薄的故事，便是有了写短篇小说的内容。那不行。短篇小说并不因为篇幅短，即应先天不足！

恰相反，正是因为它短，它才需要又深又厚。您所知道的必须比要写的多得多。

是的，上面所说的也适用于人物的描写。在长篇小说里，我们可以从容介绍人物，详细描写他们的性格、模样与服装等等。短篇小说里没有那么多的地方容纳这些形容。短篇小说介绍人物的手法似乎与话剧中所用的手法相近——一些动作、几句话，人物就活生生地出现在我们眼前。当然，短篇小说并不禁止人物的形容。可是，形容一多，就必然显着冗长无力。我以为：用话剧的手法介绍人物，而在必要时点染上一点色彩，是短篇小说描绘人物的好办法。

除非我们对一个人物极为熟悉，我们没法子用三言两语把他形容出来。在短篇小说里，我们只能叫他做一两件事，可是我们必须做到：只有这样的一个人才会做这一两件事，而不是这样的一个人偶然地做了这一两件事，更不是随便哪个人都能做这一两件事。即使我们故意叫他偶然地做了一件事，那也必须是只有这个人才会遇到这件偶然的事，只有这个人才会那么处理这件偶然的事。还是那句话：知道得多，写得少。短篇小

222

说的篇幅小，我们不能叫人物做过多的事。我们叫他做一件事也好，两件事也好，可是这点事必是人物全部生活与性格的有力说明，不是他一辈子只做了这么一点点事。只有知道了孔明和司马懿的终生，才能写出《空城计》。假若事出偶然，恐怕孔明就会束手被擒，万一司马懿闯进空城去呢！

风景的描写也可应用上述的道理。人物的形容和风景的描写都不应是点缀。没有必要，不写；话很多，找最要紧的写，少写。

这样，即使我们还不能把短篇小说写好，可也不会一写就写成长的短篇小说，废话太多的短篇小说了。

以上，是我这两天想起来的话，也许对，也许不对；前面不是说过吗，我不大会写短篇小说呀。

（原载 1958 年 6 月 8 日《人民文学》6 月号）

谈叙述与描写 [1]

　　写文章须善于叙述。不论文章大小，在动笔之前，须先决定给人家的总印象是什么。这就是说，一篇文章里以什么为主导，以便妥善安排。定好何者为主，何者为副，便不会东一句西一句，杂乱无章。比如以西山为题，即须先决定，是写西山的地质，还是植物，或是专写风景。写地质即以地质为主导，写植物即以植物为主导，在适当的地方，略道岩石或花木之美，但不使喧宾夺主。这样，既能给人家以清晰的印象，又能显出文笔，不至全篇干巴巴的。这样，也就容易安排资料和陈述的层次了。要不然，西山可写的东西很多，从何落笔呢？

　　若是写风景，则与前面所说的相反，应以写景为主，写出诗情画意，而不妨于适当的地方写点实物，如岩石与植物，以免过于空洞。

---

　　① 原名《谈叙述与描写——对北京大学中文系学生的讲话摘要》。

是的，写实物，即以实物为主，而略加抒情的描写，使文章生动空灵一些。写诗情画意呢，要略加实物，以期虚中有实。

做文章有如绘画，要先安排好，以什么为主体，以什么烘托，使它有实有虚，实而不板，虚而不空。叙述必先设计，而如何设计即看要给人家的主要印象是什么。

叙述一事一景，须知其全貌。心中无数，便写不下去。知其全貌，便写几句之后即能总结一下，使人极清楚地看到事物的本质。比如说我们叙述北京春天的大风，在写了几句如何刮法之后，便说出：北京的春风似乎不是把春天送来，而是狂暴地要把春天吹跑。这个小的总结便容易使人记住，知道了北京的春风的特点。这样的句子是知其全貌才能写出来的。若无此种的结论式的句子，则说得很多，而不着边际，使人厌烦。又比如，《赤壁赋》中的"山高月小，水落石出"这八个字，便是完整地画出一幅画来，有许多画家以此为题去作画。有了这八个字，我们便看到某一地方的全景，也正是因为作者对这一地方知其全貌。这才能给人以不可磨灭的印象。这才能够写得简练精彩。

"山高月小，水落石出"这八个字，连小学生也认识。可是，它们又是那么了不起的八个字。这是作者真认识了山川全貌的结果。我们在动笔之前，应当全盘想过，到底对我们所要写的知道多少，提得出提不出一些带总结性的句子来。若是知道得太少，心中无数，我们便叙述不好。叙述不是枝枝节节地随便说，而是把事物的本质说出来，使人得到确实的知识。

或问：叙述宜细，还是宜简？细写不算不对，但容易流于冗长。为矫此弊，细写须要拿得起，推得开。古人说，写文章要精骛八极，心游万仞。这是什么意思呢？就是作者观察事物，无微不入，而后在叙述的时候，又善于调配，使小事大事都能联系到一处。一笔写下狂风由沙漠而来，天昏地暗，一笔又写到连屋中熬着的豆汁也当中翻着白浪，而锅边上浮动着一圈黑沫。大开大合，大起大落，便不至于冗细拖拉。这就是说，叙述不怕细致，而怕不生动。在细致处，要显出才华。文笔如放风筝，要飞起来，不可爬伏在地上。要自己有想象，而且使读者的想象也活跃起来。

内容决定形式，但形式亦足左右内容。同一内容，用此形式去写就得此效果，而另一形式去写则效果即异。前几天，我写了一篇《敬悼郝寿臣老先生》短文。我所用的那点资料，和写郝老先生生平事迹的相同。可是，我是要写一篇悼文，所以我就通过群众的眼睛来看老先生的一生。这便亲切。从群众眼中看出他如何认真严肃地演剧，如何成名之后，还孜孜不息，排演新戏。这就写出了他是人民的演员。因为是写悼文，我就不必用写生平事迹所必用的某些资料，而选用了与群众有关的那一些。这就加强了悼文的效果。形式不同，资料的选取与安排便也不同，而效果亦异。

叙述与描写本不易分开。现在我把它们分开，为了说着方便。下面谈描写。

描写也首先决定于要求什么效果：是喜剧的，还是正面的？假若是要喜剧效果，就应放手描写，夸张一些。比如介绍老张，头一句就说老张的鼻子天下第一。若是正面描写，就不该用此法。我们往往描写得不生动、不明确，原因之一即由于事先没有决定要什么效果，所以选材不合适，安排欠妥当。描写的方法是依效果而定。决定要喜剧效果，则利用夸张等手法，取得此效果。反之，要介绍一位正面人物或严肃的事体，则须取严肃的描写方法。语言文字是要配合文章情调的，使人发笑或肃然起敬。

在一篇小说中，有不少的人，不少的事，都要先想好：哪个人滑稽，哪个人严肃，哪件事可笑，哪件事可悲。而后依此决定，进行描写。还要看主导是什么，是喜剧，则少写悲的；是悲剧，则少写喜的。

一篇作品中若有好几个人，描写他们的方法要各有不同，不要都先介绍履历，而后模样，而后衣冠。有的人可以先介绍模样，有的人可以先介绍他正在做些什么，把他的性格烘托出来——此法在剧本中更适用，在短篇小说中也常见，因为舞台上的人物一出来已打扮停妥，用不着描写，那么叫他先做点什么，便能显露他的性格；短篇小说篇幅有限，不能详细介绍衣冠相貌，那么，就先叫他做点事情，顺手儿简单地描写他的形象，有那么几句就差不多了。

练习描写人物，似应先用写小说的办法，音容衣帽与精神面貌可以双管齐下，都写下来。这么练习了之后，要再学习戏剧中的人物描写方法，即用动作、语言，表现出人物的特点与性格来。这比写小说中人物要难得多了。我们不妨这么练习：先把人物的内心与外貌都详细地写出来，像写小说那样；而后，再写一段对话，要凭着这段对话表现出人物的精神面貌来，像写剧本那样。这么练习，对写小说与剧本都有益处。

这也是知其全貌的办法。我们先知道了这个人的一生，而后在描写时，才能由小见大，用一句话或一个动作，表现出他的性格来。一个老实人，在划火柴点烟而没点燃的时节，便会说："唉！真没用，连根烟也点不着！"一个性情暴躁的人呢，就不是这样，而也许高叫："他妈的！"这样，知其全貌，我们就能用三言五语写出个人物来。

写景的方法很多，可以从古今的诗与散文中学习。描写人物较难，故不多谈写景。

描写人物要注意他的四围，把时间地点等跟人物合在一处。要有人，还有画面。《水浒传》中的林冲去沽酒，既有人物，又有雪景，非常出色。武松打虎也有景阳冈作背景。《红楼梦》中的公子小姐们，连居住的地方，如潇湘馆等，都暗示出人物的性格。一切须为人物服务，使人物突出。

一篇小说中有好多人物，要分别主宾，有的细写，有的简写。虽然是简写，但也要活生活现，这须用剧本中塑造人物的方法，三言五语就描画出个人物来。我们平时要经常仔细观察人，且不断地把他们记下来。

在描写时，不能不设喻。但设喻必须精到。不精到，不必设喻。要切忌泛泛地比喻。生活经验不丰富，知识不广博，不易写出精彩的比喻来。

以上所说都不大具体，因为要具体地说，就很难不讲些修辞学中的道理。而同学们的修辞学知识比我还更丰富，故无须我再说。我听说的这一些，也并不都正确，请批评指正！

（原载 1962 年 2 月《北京文艺》）

人物不打折扣

常有人问：有了一个很不错的故事，为什么写不好或写不出人物？

据我看，毛病恐怕是在只知道人物在这一故事里做了什么，而不知道他在这故事外还做了什么。这就是说，我们只知道了一件事，而对其中的人物并没有深刻的全面的了解，因而也就无从创造出有骨有肉的人物来。不论是中篇或短篇小说，还是一出独幕剧或多幕剧，总要有个故事。人物出现在这个故事里。因为篇幅有限，故事当然不能很长，也不能很复杂。于是，出现在故事里的人物，只能够做某一些事，不会很多。这一些事只是人物生活中的一片段，不是他的全部生活。描写全部生活须写很长的长篇小说。这样，只仗着一个不很长的故事而要表现出一个或几个生龙活虎般的人物来，的确是不很容易。

怎么办呢？须从人物身上打主意。我们得到了一个故事，就要马上问问自己：对其中的人物熟悉不熟悉呢？假若很熟悉，那就可能写出人物来。假若全无所知，那就一定写不出人物来。

在一篇短篇小说里或一篇短剧里，没法子装下一个很复杂的故事。人物只能做有限的事，说有限的话。为什么做那点事、说那点话呢？怎样做那点事、说那点话呢？这可就涉及人物的全部生活了。只有我们熟悉人物的全部生活，我们才能够形象地、生动地、恰如其分地写出人物在这个小故事里做了什么和怎么做的，说了什么和怎么说的。通过这一件事，我们表现出一个或几个形象完整的人物来。只有这样的人物才会做出这样的一点事，说出这样的一点话。我们必须去深刻地了解人。知道他的十件事，而只写一件事，容易成功。只知道一件，就写一件，很难写出人物来。

在我的几篇较好的短篇小说里，我都用的是预备写长篇的资料。因为没有时间写长篇，我往往从预备好足够写一二十万字的小说里抽出某一件事，写成只有几千字的短篇。这样的短篇，虽然故事简单，人物不多，可是，对人物的一切，我已想过多少次。于是，人物的一举一动、一言一语，都能够表现他们的不同的性格与生活经验。我认识他们。我本来是想用一二十万字从生活各方面描写他们的。

篇幅虽短，人物可不能打折扣！在长篇小说里，我们可以从容地、有头有尾地叙述一个人物的全部生活。在短篇里，我们是借着一个简单的故事、生活中的一片段，表现出人物。我们若是知道一个人物的生活全部，就必能写好他的生活的一片段，使人看了相信：只有这样一个人，才会做出这样的一些事。虽然写的是一件事，可是能够反映出人物的全貌。

还有一件事，也值得说一说。在我把剧本交给剧院之后，演员们总是顺着我写的台词，分别给所有的人物去作小传。即使某一人物的台词只有几句，预备扮演他（或她）的演员也照着这几句话，加以想象，去写出一篇人物小传来。这是个很好的方法。这么做了之后，演员便摸到剧中人物的底。不管人物在台上说多说少，演员们总能设身处地，从人物的性格与生活出发，去说或多或少的台词。某一人物的台词虽然只有那么几句，演员却有代他说千言万语的准备。因此，演员才能把那几句话说好——只有这样的一个角色，才会这么说那几句话。假若演员不去拟写人物小传，而只记住那几句台词，他必定不能获得闻声知人的效果。人物的全部生活决定他在舞台上怎么说那几句话。是的，得到一个故事，最好是去细细琢磨其中的人物。假若对人物全无所知，就请不要执笔，而须先去生活，去认识人。故事不怕短，人物可必须立得起来。人物的形象不应因故事简短而打折扣。只知道一个故事，而不洞悉其中人物，无法进行创作。人是故事的主人。

（原载 1961 年 3 月 1 日《新港》3 月号）

略谈人物描写

对于人物的描写，我看到过三种：第一种，我管它叫作工笔画的。这就是说，它如工笔画的人物，一眼一手都须描上多少多少笔，细中加细，一笔不苟，死下功夫。我不喜欢此法。因一眼一手并不足代表全人，设为一眼而写万字，则是浪费笔墨，使人只见一眼，而失其人。且欲求人物之生动，不全在相貌的特殊，而多赖性格与行动的揭露与显示。性格与处境相值，逼出行动；行动乃内心的面貌。以此面貌与眉目口鼻相映，则全人毕显矣。反之，若极求外貌描写之精详，而无法使之活动，是解剖工作，非创造矣。且艺术作品中之描写，要在以经济的手段，扼要提出，使读者一目了然，且得深刻印象。若尽意刻画一眼一鼻，以至全身衣冠带履，而失其全人生活力量，是小女儿精心刺绣，纵极工致，不能成为艺术作品。

第二种是偏重心理的描写，把人的内心活动，肆意揭发。人之独白，人之幻想，人之呓语，无不细细写出，以洞见其肺肝。此种描写，得心理之助，亦不无可取之处。但过于偏重，往往因入骨三分，致陷于纤弱细巧——只有神经，而无骨骼。且致力于此者，最易追求人的隐私，而忘人生与社会的关系。"食色性也"，欲揭破人心之秘，势必先追求"性也"之私，因而往往堕于淫秽琐碎。此种写法，以剖析为手段，视烦琐为重大，自难健康。且出发点在"心"，则设计遣材势必随此而定，细巧轻微的末屑，尽成宝贵的材料；忘去社会，乃为必然——可以博得少数人的欣赏，殊难给人生以重大的训教与指导。

第三种，我管它叫作戏剧的描写法。写戏剧的人应当把剧中人物预先想好，人物的家世、性格、职业、习惯……都想了再想，一闭目便能有全人立于眼前。然后，他才能使这些人遇到什么样的事件，便立刻起决定的反应。所以，戏剧虽仅有对话，而无一语不恰好地配备着内心的与身体上的动作。写小说，虽较戏剧方便，可以随时描写人物的一切，可是我以为最好是采取戏剧的写法，把人物预先想好，以最精到简洁的手段，写出人物的形貌，以呈露其性格与心态。这样，人物的描写既不烦琐——如第一种，复无病态——如第二种，而是能康健地、正确地写出人与事之联结，外貌与内心的一致或相反。健康的作品中，其人物的描写或多用此法。

（原载 1941 年 3 月 20 日《抗战文艺》第 7 卷
第 2、3 期合刊）

人物的描写

　　按照旧说法，创作的中心是人物。凭空给世界增加了几个不朽的人物，如武松、黛玉等，才叫作创造。因此，小说的成败，是以人物为准，不仗着事实。世事万千，都转眼即逝，一时新颖，不久即归陈腐，只有人物足垂不朽。此所以十续《施公案》，反不如一个武松的价值也。

　　可是近代文艺受了两个无可避免的影响——科学与社会自觉。受着科学的影响，不要说文艺作品中的事实须精确详细了，就是人物也须合乎生理学心理学等等的原则。于是佳人才子与英雄巨人全渐次失去地盘，人物个性的表现成了人物个性的分析。这一方面使人物更真实更复杂，另一方面使创造受了些损失，因为分析不就是创造。至于社会自觉，因为文艺想多尽些社会的责任，简直地就顾不得人物的创造，而力求罗列事实以揭发社会的黑暗与指导大家对改进社会的责任。社会是整个的、复杂的，从其中要整理出一件事的系统，找出此事的意义，并提出改革的意见，已属不易；作者当然顾不得注意人物，而且觉得个人的志愿与命运似乎太轻微，远不及社会革命的重大了。报告式的揭发可以算作文艺；努力于人物的创造反被视为个人主义的余孽了。说到将来呢，人类显然地是朝着普遍的平均的发展走去；英雄主义在此刻已到了末一站，将来的历史中恐怕不是为英雄们预备的了。人类这样发展下去，必会有那么一天，各人有各人的工作，谁也不比谁高，谁也不比谁低，大家只是各尽所长，为全体的生存努力。到了这一天，志愿是没了用；人与人的冲突改为全人类对自然界的冲突。没争斗没戏剧，文艺大概就灭绝了。人物失去趣味，事情也用不着文艺来报告——电话电报电影等等不定发展到多么方便与巧妙呢。

　　我们既不能以过去的办法为金科玉律，而对将来的推测又如上述，那么对于小说中的人物似乎只好等着受淘汰，没有什么可说的了。这却又不尽然。第一，从现在到文艺灭绝的时期一定还有好多好多日子，我们似乎不必因此而马上搁笔。第二，现在的文艺虽然重事实而轻人物，但把人物的创造多留点意也并非是吃亏的事，假若我们现在对荷马与莎士比亚等的人物还感觉趣味，那也就足以证明人物的感诉力确是比事实还厚大一些。说真的，假若不是为荷马与莎士比亚等那些人物，谁肯还去读那些野蛮荒唐的事儿呢？第三，文艺是具体的表现。真想不出怎样可以没有人物而能具体地表现出！文艺所要揭发的事实必须是人的事实。《封神榜》虽很热闹，无论如何也比不上好汉被迫上梁山的亲切有味。再说呢，文艺去揭发事实，无非是为提醒我们，指导我们；我们是人，所以文艺也得用人来感动我们。单有葬花，而无黛玉；或有黛玉而她是"世运"的得奖的女运动员，都似乎不能感人。赞诉个人的伟大与成功，于今似觉落伍；但茫茫一片事实，而寂无人在，似乎也差点劲儿。

那么，老话当作新话来说，对人物的描写还可以说上几句。

描写人物最难的地方是使人物立得起来。我们都知道利用职业、阶级、民族等特色，帮助形成个特有的人格；可是，这些个东西并不一定能使人物活跃。反之，有的时候反因详细的介绍，而使人物更死板。我们应记住，要描写一个人必须知道此人的一切，但不要作相面式地全写在一处；我们须随时地用动作表现出他来。每一个动作中清楚地有力地表现出他一点来，他便越来越活泼，越实在。我们虽然详知他所代表的职业与地方等特色，可是我们仿佛更注意到他是个活人，并不专为代表一点什么而存在。这样，人物的感诉力才能深厚广大。比如说吧，对于一本俄国的名著，一个明白俄国情形的读者当然比一个还不晓得俄国在哪里的更能亲切地领略与欣赏。但是这本作品的伟大，并不在乎只供少数明白俄国情形的人欣

237

赏，而是在乎它能使不明白俄国事的人也明白了俄国人也是人。再看《圣经》中那些出色的故事和莎士比亚所借用的人物，差不多都不大管人物的背景，而也足以使千百年后的全人类受感动。反之，我们看 Anne Douglas Sedgwick（安妮·道格拉斯·塞奇威克）[①] 的 *The Little French Girl*（《法国小姑娘》）的描写法国女子与英国女子之不同，或 "Elizabeth"（伊丽莎白）[②] 的 *Caravaners*（《商队》）之以德人比较英人，或 Margaret Kennedy（马格雷特·肯尼迪）[③] 的 *The Constant Nymph*（《恒久的宁芙》）之描写艺术家与普通人的差别，都是注意在揭发人物的某种特质。这些书都有相当的趣味与成功，但都够不上伟大。主旨既在表现人物的特色，于是人物便受他所要代表的那点东西的管辖。这样，人物与事实似乎由生命的中心移到生命的表面上去。这是揭发人的不同处，不是表现人类共同具有的欲望与理想；这是关于人的一些知识，不是人生中的根本问题。这种写法是想从枝节上了解人生，而忘了人类的可以共同奋斗的根源。这种写法假若对所描写的人没有深刻的了解，便很容易从社会上习俗上抓取一点特有的色彩去敷衍，而根本把

①　安妮·道格拉斯·塞奇威克（1873—1935），女小说家，生在美国，长期居住在英法两国。

②　伊丽莎白（1865—1941），英国人。国嫁给德国贵族，故作品中能写英、德人之比较。

③　马格雷特·肯尼迪（1896—1967），英国女作家。

人生忘掉。近年来西洋有许多描写中国人的小说，十之八九是要凭借一点知识来比较东西民族的不同；结果，中国人成为一种奇怪好笑的动物，好像不大是人似的。设若一个西洋写家忠诚地以描写人生的态度来描写中国人，即使背景上有些错误也不至于完全失败吧。

与此相反的，是不管风土人情，而写出一种超空间与时间的故事，只注意艺术的情调，不管现实的生活。这样的作品，在一个过着梦的生活的天才手里，的确也另有风味。可是它无论怎好，也缺乏着伟大真挚的感动力。至于才力不够，而专赖小小一些技巧，创制此等小玩意，就更无可观了。在浪漫派与唯美派的小说里，分明的是以散文侵入诗的领域。但是我们须认清，小说在近代之所以战胜了诗艺，不仅是在它能以散文表现诗境，而是在它根本足以补充诗的短处——小说能写诗所不能与不方便写的。Sir Walter Raleigh（沃尔特·雷利爵士）① 说过："一个大小说家根本须是个幽默家，正如一个大罗曼司家根本必须是诗人。"这里所谓的幽默家，倒不必一定是写幽默文字的人，而是说他必洞悉世情，能捉住现实，成为文章。这里所谓的诗人，就是有幻想的、能于平凡的人世中建造起浪漫的空想的一个小世界。我们所应注意的是"大小说家"必须能捉

---

① 沃尔特·雷利爵士（约1552—1618），英国探险家、政治家、历史学家和诗人。

住现实。

　　人物的职业阶级等之外，相貌自然是要描写的，这需要充分地观察，且须精妙地道出，如某人的下巴光如脚踵，或某人的脖子如一根鸡腿……这种形容一句便够，马上使人物从纸上跳出，而永存于读者记忆中。反之，若拖泥带水地形容一大片，而所以形容的可以应用到许多人身上去，则费力不讨好。人物的外表要处，足以烘托出一个单独的人格，不可泛泛地由帽子一直形容到鞋底；没有用的东西往往是人物的累赘：读者每因某项叙述而希冀一定的发展，设若只贪形容得周到，而一切并无用处，便使读者失望。我们不必一口气把一个人形容净尽，先有个大概，而后逐渐补充，使读者越来越知道得多些，如交友然，由生疏而亲密，倒觉有趣。也不必每逢介绍一人，力求有声有色，以便发生戏剧的效果，如大喝一声，闪出一员虎将……此等形容，虽刺激力大，可是在艺术上不如用一种浅淡的颜色，在此不十分明显的颜色中却包蕴着些能次第发展的人格与生命。

　　以言语、面貌、举动来烘托出人格，也不要过火地利用一点，如狄更斯的次要人物全有一种固定的习惯与口头语——*Bleak House*（《阴暗的房子》）① 里的 **Bagnet**（巴格内特）永远

① 　现通译为《荒凉山庄》。

用军队中的言语说话，而且脊背永远挺得笔直，即许多例子中的一个。这容易流于浮浅，有时候还显着讨厌。这在狄更斯手中还可原谅，因为他是幽默的写家，翻来覆去地利用一语或一动作都足以招笑；设若我们不是要得幽默的效果，便不宜用这个方法。只凭一两句口头语或一二习惯作人物描写的主力，我们的人物便都有成为疯子的危险。我们应把此法扩大，使人物的一切都与职业的家庭的等等习惯相合；不过，这可就非有极深刻的了解与极细密的观察不可了。这个教训是要紧的：不冒险去写我们所不深知的人物！

还有个方法，与此不同，可也是偷手，似应避免：形容一男或一女，不指出固定的容貌来，而含糊其词地使读者去猜。比如描写一个女郎，便说：正在青春，健康的脸色，金黄的发丝，带出金发女子所有的活泼与热烈……这种写法和没写一样：到底她是什么样子呢？谁知道！

在短篇小说中，须用简净的手段，给人物一个精妥的固定不移的面貌体格。在长篇里宜先有个轮廓，而后顺手地以种种行动来使外貌活动起来；此种活动适足以揭显人格，随手点染，使个性充实。譬如已形容过二人的口是一大一小、一厚一薄，及至述说二人同桌吃饭，便宜利用此机会写出二人口的动作之不同。这样，二人的相貌再现于读者眼前，而且是活动的再现，能于此动作中表现出二人个性的不同。每个小的动作都能显露出个性的一部分，这是应该注意的。

景物、事实、动作，都须与人打成一片。无论形容什么，总把人放在里面，才能显出火炽。形容二人谈话，应顺手提到二人喝茶及出汗——假若是在夏天。如此，则谈话而外，又用吃茶补充了二人的举动不同，且极自然地把天气写在里面。此种写法是十二分的用力，而恰好不露出用力的痕迹。

最足以帮忙揭显个性的恐怕是对话了。一个人有一个说话方法，一个人的话是随着他的思路而道出的。我们切不可因为有一段精彩的议论而整篇地放在人物口中，小说不是留声机片。我们须使人物自己说话。他的思路绝不会像讲演稿子那么清楚有条理。我们须依着他心中的变动去写他的话语。

言谈不但应合他的身份，且应合乎他当时的心态与环境。

以上的种种都是应用来以彰显人物的个性。有了个性，我们应随时给他机会与事实接触。人与事相遇，他才有用武之地。我们说一个人怎好或怎坏，不如给他一件事做做看。在应付事情的时节，我们不但能揭露他的个性，而且足以反映出人类的普遍性。每人都有一点特性，但在普遍的人情上大家是差不多的。当看一出悲剧的时候，大概大家都要受些感动，不过有的落泪，有的不落泪。那不落泪的未必不比别人受的感动更深。落泪与否是个性使然，而必受感动乃人之常情；怪人与傻子除外；自然我们不愿把人物都写成怪人与傻子。我们不要太着急，想一口气把人物作成顶合自己理想的；为我们的理想而牺牲了人情，是大不上算的事。比如说革命吧，青年们只要有点知识，有点血气，哪个甘于落后？可是，把一位革命青年写成一举一动全为革命，没有丝毫弱点，为革命而来，为革命而去，像一座雕像那么完美；好是好了，怎奈天下并没有这么完全的！艺术的描写容许夸大，但把一个人写成天使一般，一点都看不出他是由猴子变来的，便过于骗人了。我们必须首先把个性建树起来，使人物立得牢稳；而后再设法使之在普遍人情中立得住。个性引起对此人的趣味，普遍性引起普遍的同情。哭有多种，笑也不同，应依个人的特性与情形而定如何哭，如何笑；但此特有的哭笑须在人类的哭笑圈内。用张王李赵去代表几个抽象的观念是写寓言的方法，小说则首应注意把他们写活了，每个人都有他自己的思想与感情，不是一些完全听人家调动的傀儡。

（原载 1936 年 11 月 1 日《宇宙风》第 28 期）

景物的描写

在民间故事里，往往拿"有那么一回"起首，没有特定的景物。这类故事多数是纯朴可爱的，但显然是古代流传下来的，把故事中的人名地点与时间已全磨了去。近代小说就不同了，故事中的人物固然是独立的，它的背景也是特定的。背景的重要不只是写一些风景或东西，使故事更鲜明确定一点，而是它与人物故事都分不开，好似天然长在一处的。背景的范围也很广：社会、家庭、阶级、职业、时间等等都可以算在里边。把这些放在一个主题之下，便形成了特有的色彩。有了这个色彩，故事才能有骨有肉。到今日而仍写些某地某生者，就是没有明白这一点。

这不仅是随手描写一下而已，有时候也是写小说的动机。我没有详明的统计为证，只就读书的经验来说，回忆体的作品可真见到过不少。这种作品里也许是对于一人或一事的回忆，可是地方景况的追念至少也得算写作动机之一。"我们最美好的希望是我们最美好的记忆。"我们幼时所熟习的地方景物，即一木一石，当追想起来，都足以引起热烈的情感。正如莫泊桑在《回忆》中所言：

> 你们记得那些在巴黎附近一带的浪游日子吗？我们的穷快活吗，我们在各处森林的新绿下面的散步吗，我们在塞因河边的小酒店里的晴光沉醉吗，和我们那些极平凡而极隽美的爱情上的奇遇吗？

许多好小说是由这种追忆而写成的；假若这里似乎缺乏一二实例来证明，那正是因为例子太容易找到的缘故。我们所最熟习的社会与地方，不管是多么平凡，总是最亲切的。亲切，所以能产生好的作品。到一个新的地方，我们很能得一些印象，得到一些能写成很好的旅记的材料。但印象终归是印象，至好不过能表现出我们观察力的精确与敏锐，而不能做到信笔写来，头头是道。至于我们所熟习的地点，特别是自幼生长在那里的地方，就不止于给我们一些印象了，而是它的一切都深印在我们的生活里，我们对于它能像对于自己分析得那么详细，连那里空气中所含的一点特别味道都能一闭眼还想象地闻到。所以，就是那富于想象力的狄更斯与威尔斯，也时常在作品中写出他们少年时代的经历，因为只有这种追忆是准确的、特定的、亲切的，真能供给一种特别的境界。这个境界使全个故事带出独有的色彩，而不能用别的任何景物来代替。在有这种境界的作品里，换了背景，就几乎没了故事；哈代与康拉德①都足以证明这个。在这二人的作品中，景物与人物的相关，是一种心理的、生理的与哲理的解析，在某种地方与社会便非发生某种事实不可；人始终逃不出景物的毒手，正如蝇的不能逃出蛛网。这种悲观主义是否合理，暂且不去管；这样写法无疑地是可效法的。这就是说，他们对于所要描写的景物是那么熟悉，简直地把它当作个有心灵的东西看待，处处是活的，处处是特定的，没有一点是空泛的。读了这样的作品，我们才能明白怎样去利用背景；即使我们不愿以背景辖束人生，至少我们知道了怎样去把景物与人生密切地联成一片。

至于神秘的故事，便更重视地点了，因为背景是神秘之所由来。这种背景也许是真的，也许是假的，但没有此背景便没有此故事。Algernon Blackwood（阿尔杰农·布莱克伍德）②是离不开山、水、风、火的，坡③便喜欢由想象中创构出像 The House of Usher（厄谢尔的房子）④那样的景物。在他们的作品中，背景的特质比人物的个性更重要得多。这是近代才有的写

---

① 康拉德（1857—1924），英国小说家。

② 阿尔杰农·布莱克伍德（1869—1951），英国作家。

③ 指爱伦·坡（1809—1849），美国作家、文艺评论家。

④ 此处指的是《厄舍府之倒塌》（*The Fall of the House of Usher*）。

法，是整个地把故事容纳在艺术的布景中。

有了这种写法，就是那不专重背景的作品也会知道在描写人的动作之前，先去写些景物，并不为写景而写景，而是有意地这样布置，使感情加厚。像劳伦司①的《白孔雀》中的描写出殡，就是先以鸟啼引起妇人的哭声："小山顶上又起啼声。"而后，一具白棺材，后面随着个高大不像样的妇人，高声地哭叫。小孩扯着她的裙，也哭。人的哭声吓飞了鸟儿。何等的凄凉！

康拉德就更厉害，使我们读了之后，不知是人力大，还是自然的力量更大。正如他说："青春与海！好而壮的海，苦咸的海，能向你耳语，能向你吼叫，能把你打得不能呼吸。"是的，能耳语，近代描写的功夫能使景物对人耳语。写家不但使我们感觉到他所描写的，而且使我们领会到宇宙的秘密。他不仅是精详地去观察，也仿佛捉住天地间无所不在的一种灵气，从而给我们一点启示与解释。哈代的一阵风可以是："一极大的悲苦的灵魂之叹息，与宇宙同阔，与历史同久。"

这样看来，我们写景不要以景物为静止的；不要前面有人，后面加上一些不相干的田园山水，作为装饰，像西洋中古的画像那样。我们在设想一个故事的全局时，便应打算好

---

① 现通译为劳伦斯（1885—1930），英国作家。

要什么背景。我们须想好要这背景干什么，否则不用去写。人物如花草的籽粒，背景是园地，把这颗籽粒种在这个园里，它便长成这个园里的一棵花。所谓特定的色彩，便是使故事有了园地。

有人说，古希腊与罗马文艺中，表现自然多注意它的实用的价值，而缺乏纯粹的审美。浪漫运动无疑地是在这个缺陷上予以很有力的矫正，把诗歌和自然的崇高与奥旨联结起来，在诗歌的节奏里感到宇宙的脉息。我们当然不便去模拟古典文艺的只看加了人工的田园之美，可是不妨把"实用价值"换个说法，就是无论我们要写什么样的风景，人工的园林也好，荒山野海也好，我们必须预定好景物对作品的功用如何。真实的地方色彩，必须与人物的性格或地方的事实有关系，以助成故事的完美与真实；反之，主观的、想象的背景，是为引起某种趣味与效果，如温室中的热气，专为培养出某种人与事，人与事只是为做足这背景的力量而设的。Pitkin（皮特金）说："在司悌芬孙，自然常是那主要的女角；在康拉德、哈代和多数以景物为主体的写家，自然是书中的恶人；在霍桑①，它有时候是主角的黑影。"这是值得玩味的话。

写景在浪漫的作品中足以增高美的分量，真的，差不多

---

① 霍桑（1804—1864），美国心理分析小说的开创者。

没有再比写景能使文字充分表现出美来的了。我们读了这种作品，其中有许多美好的诗意的描写，使我们欣喜，可是谁也有这个经验吧——读完了一本小说，只记得些散碎的事情，对于景物几乎一点也不记得。这个毛病就在于写得太空泛，只是些点缀，而与故事没有顶亲密的关系。天然之美是绝对的，不是比较的。一个风景有一个特别的美，永远独立。假若在作品中随便地写些风景，即使写得很美，也不能给读者以深刻的印象。还有，即使把特定的景物写得很美妙，而与故事没有多少关系，仍然不会有多少艺术的感诉力。我们永忘不了《块肉余生录》里 Ham（汉姆）下海救人那段描写。为什么？写得好自然是一个原因，可是主要的还是因为这段描写恰好足以增高故事中的戏剧的力量；时候、事情，全是特异的，再遇上这特异的景物，所以便永不会被人忘记。设若景阳冈上来的不是武二，而是武大，就是有一百条老虎也不会有什么惊人的地方。

为增高故事中的美的效力，当然要设法把景物写得美好了，但写景的目的不完全在审美上。美不美是次要的问题，最要紧的是在写出一个"景"来。我们一提到"景"这个字，仿佛就联想到"美景良辰"。其实写家的本事不完全在能把普通的地点美化了，而在乎他把任何地点都能整理得成一个独立的景。这个也许美，也许丑。假如我们要写下等妓女所居留的窄巷，除非我们是"恶之花"的颓废人物，大概总不会发疯似的以臭为香。我们必须把这窄巷中的丑恶写出来，才能把它对人生的影响揭显得清楚。我们的责任就在于怎样使这丑恶成为一景。这就是说，我们当把这丑陋的景物扼要、经济、净炼地提出，使它浮现在纸面上，以最有力的图像去感诉。把田园木石写美了是比较容易的，任何一个平凡的文人也会编造些"天朗气清，惠风和畅"这类的句子。把任何景物都能恰当地、简要地、准确地写成一景，使人读到马上能似身入其境，就不大容易了。这也就是我们所应当注意的地方。

写景不必一定用很生的字眼去雕饰，但须简单地暗示出一种境地。诗的妙处不在它的用字生僻，"只在此山中，云深不知处"，是诗境的暗示，不用生字，更用不着细细的描画。小说中写景也可以取用此法。贪用生字与修辞是想以文字讨好，心中也许一无所有，而要专凭文字去骗人；许多写景的"赋"恐怕就是这种冤人的玩意。真本事是在用几句浅显的话，写成一个景——不是以文字来敷衍，而是心中有物，且找到了最适当的文字。看莫泊桑的《归来》：

　　海水用它那单调和轻短的浪花，拂着海岸。那些被大风推送的白云，飞鸟一般在蔚蓝的天空斜刺里跑也似的经过；那村子在向着大洋的山坡里，负着日光。

一句话便把村子的位置说明白了，而且是多么雄厚有力：那村子在向着大洋的山坡里，负着日光。这是一整个的景：山、海、村，连太阳都在里边。我们最怕心中没有一种境地，而硬要配上几句，纵然用上许多漂亮的字眼，也无济于事。心中有了一种境地，而不会捉住要点，枝节地去叙述，也不能讨好。这是写实的作家常爱犯的毛病。因为力求细腻，所以逐一描写，适足以招人厌烦——像巴尔扎克的《乡医》的开首那种描写。我们观察要详尽，不错；但是观察之后找不出一些意义来，便没有什么用处。一个地方的邮差比谁知道的街道与住户也详细吧，可是他未必明白那个地方。详细地观察，而后精确地写述，只是一种报告而已。文艺中的描绘，须使读者身入其境地去"觉到"。我们不能只拿读者当作旁观者，有时候也应请读者分担故事中人物的感觉；这样，读者才能深受感动，才能领会到人在景物中的动作与感情。

"比拟"是足以给人以鲜明印象的。普通的比拟，可是适足以惹人讨厌，还不如简单地直说。要用比拟，便须惊人；不然，就干脆不用。空洞的修辞是最要不得的。在这里，我们应当提出"观察"这个字，加以解释。一般地总以为观察便是要写山就去观山，要写海便去看海。这自然是该有的事，可是这还不够，我们须更进一步，时时刻刻地留心，对什么也感到趣味；然后到写作的时候，才能把不相干的东西联想到一处，而创出顶好的比喻。夜间火山的一明一灭，与吕宋烟的烧燃，毫无关系。可是以烟头的燃烧，比拟夜间火山口的明灭，便非常的出色。吕宋烟头之小，火山之大，都在我们心中，才能到时候发生妙用。所谓观察便是无时无地不在留心，而到描写的时候，随时地有美妙的联想，把一切东西都写得活泼泼的，就好像一个健壮的人，全身的血脉都那么鲜净流畅。小说家的本事就在这里。辛克莱与其他的热心揭发人世黑暗的写家们，都犯了一个毛病：真下功夫去观察所要揭发的事实，可是忘记了怎样去把它们写成文艺作品。他们的叙述是力求正确详细，可是只限于这一点，他们没能随手地表现出人生更大更广的经验。他们的好处是对于某一地一事的精确，他们的缺点是局面太小。设若托尔斯泰生在现时，也写《屠场》那类的东西，他一定不仅写成怪好的报告，而也能像《战争与和平》那样的真实与广大。《战争与和平》的伟大不在乎人多事多，穿插复杂，而在乎处处亲切活现，使人真想拿托尔斯泰当个会创造世界的一位神仙。最伟大的作家都是这样，他们在一个主题下贯串起来全部的人生经验。这并不是说，他们总是乌烟瘴气地把所知道的都写进去，不是！他们是在描写一景一事的时候，随时随地运用着一切经验，使全部故事没有落空的地方。中国电影，因为资本小，人才少，所以总是那么简陋没劲。美国的电影，即使是瞎胡闹一回，每个镜头总有些花样，有些特别的布置，绝不空空洞洞。写小说也是如此，得每个镜头都不空。精确的比拟是最有力的小花样，处处有这种小花样，故事便会不单调，不空洞。写一件事需要一千件事作底子，因为一个人的鼻子可以像一头蒜，林中的小果在叶儿一动光儿一闪之际可以像个猛兽的眼睛，作家得上自绸缎，下至葱蒜，都预备好呀！

可是，有的人根本不会写景，怎办呢？有一个办法，不写。狄福在《鲁滨孙漂流记》中自然是景物逼真了，可是他的别的作品往往是一直地说下去，并不细说景物，而故事也还很真切。他有个本事，能借人物的活动暗示出环境来，因而可以不大去管景物的描述。这个，说真的，可实在不易学。我们只须记住这个，不善写景就不必勉强，而应当多注意到人物与事实上去；千万别拉扯上一些不相干的柳暗花明，或菊花时节什么的。

时间的利用，也和景物一样，因时间的不同，故事的气味也便不同了。有个确定的时间，故事一开首便有了特异的味道。在短篇小说里，这几乎比写景还重要。

故事中所需用的时间，长短是不拘的，一天也可以，十年也可以；这全依故事中的人物与事实而定。不过，时间越长，越须注意到季节描写的正确。据我个人的经验，想利用一个地点作背景，作者至少须在那里住过一年；我觉得把一地的四时冷暖都领略过，对于此地才能算有了相当的认识。地方的气候季节如个人的喜怒哀乐，知道了它的冷暖阴晴才摸到它的脾气。

对于一个特别的时间，也很好利用，如大跳舞会、赶集、庙会等。假使我们描写有钱有闲的社会，开首就利用大跳舞会，便很有力量。同样，描写农村而利用赶集、庙会，也是有不少便宜的。依此类推，一件事必当有个特别时间，唯有在此时间内事实能格外鲜明，如雨后的山景。还有，最好利用的是人们所忽视的时间，如天快亮了的时候。这时候，跳舞会完了，妇女们已疲倦得不得了，而仍狂吸着香烟。这时候，打牌的人们脸上已发绿，可把眼还瞪着那些小长方块。这时候，穷人们为避免巡警的监视，睡眼巴睁地去拾煤核儿。简单地说，这可以叫作时间的隙缝，在隙缝之间，人们把真形才显露出来。时间所给的感情，正如景物，夜间与白天不同，春天与秋天不同，雨天与晴天不同；这个不难利用。在这个之外，我们还须去找缝子，学校闹风潮，或绅士家里半夜三更的妻妾哭吵，是特别有价值的一刻。

（原载 1936 年 9 月 1 日《宇宙风》第 24 期）

事实的运用

　　小说中的人与事是相互为用的。人物领导着事实前进是偏重人格与心理的描写，事实操纵着人物是注重故事的惊奇与趣味。因灵感而设计，重人或重事，必先决定，以免忽此忽彼。中心既定，若以人物为主，须知人物之所思所做均由个人身世而决定；反之，以事实为主，须注意人心在事实下如何反应。前者使事实由人心辐射出，后者使事实压迫着个人。若是，故事才会是心灵与事实的循环运动。事实是死的，没有人在里面不会有生气。最怕事实层出不穷，而全无联络，没有中心。一些零乱的事实不能成为小说。

　　大概我们平常看事，总以为它们是平面的，看过去就算了，此乃读新闻纸的习惯与态度。欲做个小说家，须把事实看成有宽广厚的东西，如律师之辩护，要把犯人在作案时的一切情感与刺激都引为免罪或减罪的证据。一点风一点雨也是与人物有关系的，即使此风此雨不足帮助事实的发展，亦至少对人物的心感有关。事实无所谓好坏，我们应拿它作人格的试金石。没有事情，人格不能显明；说一人勇敢，须在放炸弹时试试他。抓住人物与事实相关的那点趣味与意义，即见人生的哲理。在平凡的事中看出意义，是最要紧的。把事实只当作事实看，那么见了妓女便只见了争风吃醋，或虚情假意，如蝴蝶鸳鸯派作品中所报告者。由妓女的虚情假意而看到社会的罪恶，便深进了一层；妓女的狡猾应由整个社会负责任，这便有了些意义。事实的新奇要在其次，第一须看出个中的深义。

我们若能这样看事实并找事实，就不怕事实不集中，因为我们已捉到事实的真义，自然会去合适地裁剪或补充。我们也不怕事实虚空了，因为这些事实有人在其中。不集中与空虚是两大弊病，必须避免。

小说，我们要记住了，是感情的纪录，不是事实的重述。我们应先看出事实中的真意义，这是我们所要传达的思想；而后，把在此意义下的人与事都赋予一些感情，使事实成为爱、恶、仇恨等等的结果或引导物。小说中的思想是要带着感情说出的。"快乐，"巴尔扎克说，"是没有历史的，'他们很快乐'一语是爱情小说的收结。"

在古代与中古的故事里，对于感情的表现是比较微弱的，设若 Henry James（亨利·詹姆斯）[①] 的作品而放在古人们手里，

---

① 亨利·詹姆斯（1843—1916），美国作家。

也许只用"过了十年"一语便都包括了；他的作品总是在特别的一点感情下看一些小事实，不厌其细琐与平凡，只要写出由某件事所激起的感情如何。康拉德的小说中有许多新奇的事实，但是他决不为新奇而表现它们，他是要述说由事实所引起的感情，所以那些事实不只新奇，也使人感到亲切有趣。小说，十之八九，是到了后半便松懈了。为什么？多半是因为事实已不能再是感情的刺激与产物。一旦失去这个，故事便失去活跃的力量，而露出勉强堆砌的痕迹来。一下笔时不十分用力，以便有余力贯彻全体，不过是消极的办法；设若始终拿事实为感情起落的刺激物，便不怕有松懈的毛病了。康拉德之所以能忽前忽后地述说，就是因为他先决定好了所要传达的感情为何，故事的秩序虽颠倒杂陈亦不显着混乱了。

所谓事实发展的关键，逗宕与顶点者，便是感情的冲突、波浪与结束。这是个自然的步骤。假若我们没有深厚的感情，而空泛地逗宕，适足以惹人讨厌，如八股文之起承转合然。

Arlo Bates（阿洛·贝茨）说："我不相信小说构成的死规则。工作的方法必随个人的性情而异。我自己的办法据我看是最逻辑的，可是我知道这是每一写家自决的问题。以我自己说，我以为小说的大体有定好的必要，而且在未动手之前就知道结局是更要紧的。"

这段话使我们放胆去运用事实。实事是事实，是死的，怎样运用它是我们自己的事。Arnold Bennett（阿诺尔特·贝内特）[1] 在巴黎的一个饭馆里，看见一老妇，她的举止非常的可笑。他就设想她曾经有过美好的青春，由少艾而肥老，其间经过许多细小的不停的变化。于是他便决定写那《老妇们的故事》。但这本书当开始动笔的时候，主角可已不是那个老妇，因为她太老了，不足以惹起同情。杜思妥益夫斯基[2] 的《罪与罚》是根据他自己的经验，但把故事放在都市里，因为都市生活的不安与犯罪空气的浓厚，更适宜于此题旨的表现。这样看，我们得到事实是随时的事，我们用什么事实是判断了许多事实之后的结果。真人真事不过是个起点，是个跳板。我们不仗着事实本身的好坏，而是仗着我们怎样去判断事实。这就是说，小说一开首的某件事实，已经是我们判断过的；在小说中，大家所见到的是事实的逐渐的发展，其实在作者心中，小说中的第一件事与第末一件事同样是预先决定好了的。自然，谁也不会把一部小说的每一段都预先想好，只等动笔一写，像填表格似的，不会。写出来才是作品，想得怎样高明不算一回事。但是，我们确能在写第一件事的时候，已经预备好末一件事，而且并不很难，因为即使我们不准知

---

① 现通译为阿诺德·本涅特（1867—1931），英国小说家。

② 现通译为陀思妥耶夫斯基（1821—1881），俄国作家。

道那件是什么事，我们也总会知道那是件什么样的事——我们所要传达的与激起的情绪是什么便替我们决定，替我们判断，所需要的是什么事。明乎此，在下笔的时候便能准确；我们要的是"怒"，便不会上手就去打哈哈。及至写完了，想改正，我们也知道了怎去改正——加强我们所要激起的感情，删削那阻碍或破坏此种情绪的激发的。

由事实中求得意义，予以解释，而后把此意义与解释在情绪的激动下写出来；这样，我们才敢以事实为生材料，不论是极平凡的，还是极惊奇的，都有经过锻炼的必要。我们最怕叫事实给管束住：看见或听见一件奇事，我们想这必是好材料，而愿把它写出来。这有两个危险，第一是写了一堆东西，而毫无意义；第二是只顾了写事而忘记了去创造人。反之，我们知道材料是需要我们去锻炼炮制的，我们才敢大胆地自由地去运用它们，使它们成为我们手中的东西。小说中的事实所以能使人感到艺术的味道，就是因为每一事实所给的效果与感力都是整个作品所要给的效果与感力的一部分，仿佛每一件事都是完全由作者调动好了的，什么事在他手下都能活动起来。硬插入一段事实，不管它本身是多么有趣，必定妨碍全体的整美。平匀是最不易做到的。要平匀，我们必须依着所要激动的情绪制造出一种空气，把一切材料都包围起来。我们所要的是"怒"，那么便可以利用声音、光线、味道，种种去包围那些材料，使它们都在这种声音、光线、味道中有了活力，有了作用，有了感力。这样，我们才能使作品各部分平匀地供给刺激，全体像一气呵成的，在最后达到"怒"的高潮。所谓小说中的跌宕便是在物质上为逻辑的排列，在精神上是情绪的盘旋回荡。小说是些图画，都用感情联串起来。图画的鲜明或暗淡，或一明一暗，都凭所要激起的情感而决定。千峰万壑，色彩各异，有明有暗，有远有近，有高有低，但是在秋天，它们便都有秋的景色，连花草也是秋花秋草。小说的事实如千峰万壑，其中主要的感情便是季节的景色。

但是，我们千万莫取巧，去用小巧的手段引起虚浮的感情。电影片中每每用雷声闪光引起恐怖，可是我们并不受多少感动，而有时反觉得可笑可厌。暗示是个好方法，它能调剂写法，使不致处处都是强烈的描画，通体只有色而无影。它也能使描写显着细腻，比直接述说还更有力。一个小孩，当故意恐吓人的时候，也会想到一种比直陈事实更有力的方法——不说出什么事，而给一点暗示。他不说屋中有鬼，而说有两只红眼睛。小说中的暗示，给人一些希冀，使人动心。说屋中有些血迹，比直说那里杀了人更多些声势；说某人的衣服上有油污，比直说他不干净强。暗示既使人希冀，又使人与作者共同去猜想，分担了些故事发展的预测。但是这不可用得过火了，虚张声势而使读者受骗是不应该的。

（原载 1936 年 11 月 16 日《宇宙风》第 29 期）